VICTOR HUGO

tome I
Fantine

Adaptation
PIERRE DE BEAUMONT

Édition enrichie d'un dossier pédagogique
MARIE-CLAIRE DESTARAC

HACHETTE
Français langue étrangère

www.hachettefle.fr

Crédits photographiques : couverture, Photo12.com-Collection Cinéma ; p. 5, Photothèque Hachette ; pp. 13, 17, 23, 33, 38, 44, 53, 65, 71, 78, les photographies reproduites sont extraites du film « Les Misérables » de 1957 et ont été obligeamment communiquées par Consortium Pathé, Photothèque Hachette ; pp. 89, 91, 95, Photos12.com-Collection Cinéma.

Couverture et conception graphique : Guylaine Moi
Composition et maquette : Mosaïque, Médiamax
Iconographie : Any-Claude Medioni, Brigitte Hammond
Cartographie : Pascal Thomas

ISBN 2 01 155241-9

© Hachette Livre 2003, 43 quai de Grenelle, 75905 Paris cedex 15

Sommaire

MOTS ET EXPRESSIONS

ACTIVITÉS

POUR ALLER PLUS LOIN

NB : les mots accompagnés d'un * dans le texte sont expliqués dans « Mots et expressions », en page 79.

L'œuvre et son auteur

Après avoir passé dix-neuf ans en prison pour avoir volé un pain, Jean Valjean est devenu un homme dur. Un jour, un évêque lui montre la route du bien. À partir de ce moment, Jean Valjean aidera les malheureux. Sous le nom de M. Madeleine, il devient le maire respecté d'une petite ville. Il prend sous sa protection Fantine, jeune ouvrière malade et sans argent, qui a confié sa petite fille à un couple d'aubergistes malhonnêtes. Mais un policier, Javert, le recherche et bientôt le retrouve. Jean Valjean retourne en prison.

Victor Hugo est né en 1802. Dès l'âge de seize ans, il écrit des poèmes et est très vite célèbre. Il devient le chef de jeunes écrivains français qui se font appeler les « romantiques ». Il publie des romans (*Notre-Dame de Paris*, 1831), des pièces de théâtre (*Ruy Blas*, 1838) et des poèmes. Hugo participe à la vie politique de son pays. Il se bat contre la misère et la peine de mort, pour la liberté et l'école pour tous. Il attaque la politique de Napoléon et doit, en 1851, quitter la France pendant vingt ans. Il s'installe à Guernesey, où il écrit de grandes œuvres, notamment *Les Misérables*. Très célèbre, il meurt en 1885 et est enterré au Panthéon avec les plus grands hommes de France.

Repères

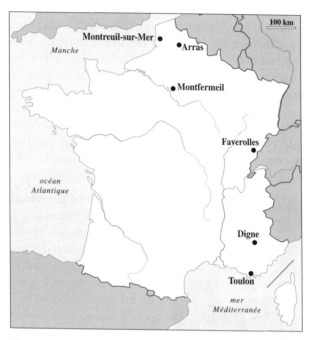

L'histoire des *Misérables* se situe en France dans plusieurs villes.

M. Myriel

En 1815, M. Charles-François-Bienvenu Myriel est évêque[1] de Digne[2] depuis 1806. C'est un homme de soixante-quinze ans.

Il est arrivé à Digne avec Mlle Baptistine, sa sœur. Cette vieille fille[3] a dix ans de moins que lui. C'est une personne longue, mince, douce. Elle n'a jamais été jolie. Elle a de grands yeux toujours baissés. Mme Magloire, leur servante, a le même âge que Mlle Baptistine. C'est une petite vieille, blanche, grasse, toujours en mouvement, qui respire mal.

Pour un malade, pour un mourant[4], les familles n'ont pas besoin de demander M. Myriel. Il arrive de lui-même. Il sait s'asseoir et se taire de longues heures près de l'homme qui a perdu la femme qu'il aime, de la mère qui a perdu son enfant. Comme il sait le moment de se taire, il sait aussi le moment de parler. Croire* est bon. Il le sait et à l'homme désespéré il montre les étoiles.

---

1. Évêque : prêtre important dans l'église catholique.
2. Digne : ville du sud de la France.
3. Une vieille fille : une femme qui n'a jamais été mariée.
4. Un mourant : quelqu'un qui va bientôt mourir.

C'est une fête partout où il paraît[1]. Il arrive et on l'aime. Il parle aux petits garçons et aux petites filles. Il sourit aux mères. Il va chez les pauvres tant qu'il a de l'argent. Quand il n'en a plus, il va chez les riches. Il leur prend tout ce qu'ils peuvent donner. Les uns viennent chercher ce que les autres ont laissé. L'évêque est le père de tous les malheureux. De grosses sommes[2] passent par ses mains. Tout est donné, avant d'être reçu. C'est comme de l'eau sur une terre sèche.

De tous les biens[3] de sa famille, il reste à l'évêque six couteaux, fourchettes, cuillers, assiettes et deux chandeliers[4] d'argent. Mme Magloire les regarde briller[5] tous les jours avec plaisir sur la grosse nappe[6] blanche. Pour montrer l'évêque de Digne tel qu'il est, ajoutons qu'il lui arrive souvent de dire : « Cela me gênerait de ne plus manger dans de l'argenterie[7]. »

La maison n'a pas une porte qui ferme à clef. La porte de la salle à manger qui donne sur la place de l'église était autrefois fermée. L'évêque a fait enlever la serrure[8] et maintenant le premier passant venu peut entrer en poussant la porte.

---

1. Paraître : se montrer, arriver.
2. De grosses sommes : beaucoup d'argent.
3. Un bien : ce qu'on a, ce qui est à nous.
4. Un chandelier : objet qui sert à tenir des chandelles (sorte de bougies).
5. Briller : jeter ou renvoyer de la lumière.
6. Une nappe : un morceau de tissu qu'on met sur la table.
7. L'argenterie : des objets en argent.
8. Une serrure : appareil qui sert à fermer une porte à clef.

Le soir d'un jour de marche

Dans les premiers jours du mois d'octobre, une heure avant le coucher du soleil, un homme qui voyage à pied entre dans la petite ville de Digne. Les rares habitants, qui se trouvent en ce moment à leur fenêtre ou devant la porte de leur maison, regardent ce voyageur avec attention. Il est difficile de rencontrer passant à l'air plus misérable. C'est un homme fort, ni grand ni petit. Il peut avoir quarante-six à quarante-huit ans. Un chapeau cache en partie son visage brûlé par le soleil, le vent et la pluie. Sa chemise de grosse toile jaune laisse voir les grands poils de sa poitrine. Il a une cravate qui ressemble à une corde. Son pantalon de couleur bleue est usé[1], blanc à un genou, troué à l'autre. Sa blouse est vieille, grise, usée elle aussi. Il porte un sac plein et tout neuf sur le dos. Il tient un gros bâton à la main. Les pieds sont sans bas dans de gros souliers. Sa barbe est longue.

Personne ne le connaît. Ce n'est qu'un passant. D'où vient-il ? Des bords de la mer peut-être, car il entre dans Digne par le sud... Cet homme a dû marcher tout le jour. Il paraît très fatigué. Des femmes l'ont vu s'arrêter sous les arbres de la rue Gassendi et boire. Il a bien soif, car il boit encore deux cents pas plus loin.

---

1. Usé : qui a été trop utilisé, qui n'est plus en bon état.

Attention !

Ce soir-là, M. l'évêque de Digne, après sa promenade en ville, est resté assez tard dans sa chambre. Il travaille encore à huit heures, un gros livre sur les genoux, quand Mme Magloire entre, comme d'habitude, pour prendre l'argenterie dans l'armoire près du lit. Un moment après, l'évêque sent que le dîner est prêt et que sa sœur l'attend peut-être. Il ferme son livre, se lève et entre dans la salle à manger.

La salle à manger est une pièce longue avec porte sur la rue, et fenêtre sur le jardin. Une lampe est sur la table. La table est près de la cheminée[1]. Un assez bon feu est allumé.

Les deux femmes parlent au moment où l'évêque entre. Mme Magloire a peur de cette porte d'entrée que l'on ne peut pas fermer. En allant faire quelques provisions[2] pour le dîner, elle a entendu dire des choses : un homme dangereux est arrivé en ville. Jacquin Labarre, l'hôtelier, n'a pas voulu le recevoir. Il tournait dans les rues à la tombée de la nuit. Sa figure était terrible. « Vraiment ? » dit l'évêque.

Mme Magloire continue comme si elle n'entendait pas. « Cette maison-ci n'est pas sûre[3]. La porte ne ferme pas et Monseigneur a l'habitude de toujours dire d'entrer, même au milieu de la nuit. »

À ce moment, on frappe à la porte un coup assez fort. « Entrez », dit l'évêque.

---

1. Une cheminée : dans une maison, endroit où on fait du feu.
2. Des provisions : ce qu'on achète pour la vie de tous les jours.
3. Sûr : qui n'est pas dangereux.

Savoir obéir

La porte s'ouvre... Elle s'ouvre, toute grande, poussée avec force. Un homme entre. Cet homme, nous le connaissons déjà. C'est le voyageur que nous avons vu tout à l'heure arriver à Digne.

Il entre, fait un pas, et s'arrête, laissant la porte ouverte derrière lui. Il a son sac sur l'épaule, son bâton à la main, l'air fatigué et décidé[1] à la fois. Le feu de la cheminée l'éclaire.

Mme Magloire n'a pas même la force de jeter un cri. Elle reste la bouche ouverte. Mlle Baptistine se retourne, aperçoit l'homme qui entre, se lève à demi, puis elle regarde son frère. Son visage redevient doux.

L'évêque regarde l'homme d'un œil tranquille. Il ouvre la bouche, sans doute pour demander au nouveau venu ce qu'il désire[2]. Au même moment, cet homme pose ses deux mains à la fois sur son bâton, promène son regard tour à tour sur le vieil homme et les femmes et dit d'une voix forte :

« Voici. Je m'appelle Jean Valjean. J'ai passé dix-neuf ans en prison*. Je suis libre depuis quatre jours et je vais à Pontarlier. Aujourd'hui, j'ai fait trente-six kilomètres. Ce soir, en arrivant dans ce pays, j'ai été dans un hôtel ; on m'a renvoyé[3]. J'ai été à un autre hôtel ; on m'a dit : « Va-t'en ! » Personne n'a voulu de moi. J'ai été à la prison. On ne m'a pas ouvert.

---

1. Avoir l'air décidé : avoir l'air de savoir ce qu'on veut.
2. Désirer : vouloir.
3. Renvoyer, chasser : mettre quelqu'un dehors, l'obliger à partir.

J'ai voulu coucher sur la paille d'un chien. Le chien m'a mordu[1] et m'a chassé comme s'il était un homme. On dirait qu'il savait qui j'étais. Je suis allé dans les champs. Il n'y avait pas d'étoiles. J'ai pensé qu'il pleuvrait et qu'il n'y aurait pas de bon Dieu pour empêcher de pleuvoir. Je suis rentré dans la ville pour coucher le long d'une porte. Une bonne femme m'a montré votre maison, et m'a dit : « Frappe là. ». J'ai frappé. Qu'est-ce que c'est ici ? Êtes-vous un hôtel ? J'ai de l'argent. Cent neuf francs. Je les ai gagnés en prison par mon travail, en dix-neuf ans. Je paierai. Qu'est-ce que cela me fait ? Je suis très fatigué. J'ai faim. Voulez-vous que je reste ?

– Madame Magloire, dit l'évêque, vous mettrez une assiette de plus. »

L'homme fait trois pas vers la lampe sur la table. « Tenez, répond-il comme s'il n'avait pas bien compris, ce n'est pas ça. Avez-vous entendu ? Je suis un ancien prisonnier. Je sors de prison. » Il tire de sa poche une grande feuille de papier. « Voilà mon permis de voyage*. Je dois le montrer dans toutes les mairies[2] des villes où je m'arrête. Cela sert à me faire chasser de partout où je vais. Voulez-vous lire ? Tenez, voilà ce qui est écrit : « Jean Valjean, libre, né à… est resté dix-neuf ans prisonnier. Cinq ans pour vol. Quatorze ans pour avoir essayé de se sauver quatre fois. Cet homme est très dangereux. » Voilà. Tout le monde m'a jeté dehors. Voulez-vous me recevoir, vous ? Est-ce un hôtel ? Voulez-vous me donner à manger et à coucher ?

---

1. Mordre : blesser avec les dents.
2. La mairie : maison où se trouvent les bureaux de l'administration d'une ville.

– Madame Magloire, dit l'évêque, vous mettrez des draps blancs au lit de la chambre d'amis. » Puis, il se tourne vers l'homme. « Monsieur, asseyez-vous et chauffez-vous, dit-il. Nous allons bientôt dîner. On fera votre lit pendant ce temps.

« Vous pouviez ne pas me dire qui vous étiez, reprend l'évêque. Ce n'est pas ici ma maison, c'est la maison de Jésus-Christ. Cette porte ne demande pas à celui qui entre s'il a un nom, mais s'il a un malheur. Vous souffrez[1] ! Vous avez faim et soif ! Soyez le bienvenu[2]. Et ne me remerciez pas, ne me dites pas que je vous reçois chez moi. Je vous le dis à vous qui passez, vous êtes ici chez vous plus que moi-même. Tout ce qui est ici est à vous. Qu'ai-je besoin de savoir votre nom ? D'ailleurs, vous en avez un que je savais déjà.

1. Souffrir : avoir mal.
2. Soyez le bienvenu : phrase de politesse qui veut dire : nous sommes heureux que vous soyez venu chez nous.

– Vrai ? Vous saviez comment je m'appelle ?

– Oui, répond l'évêque, vous vous appelez mon frère. »

Pendant qu'ils parlent, Mme Magloire a servi le souper[1]. Une soupe faite avec de l'eau, de l'huile, du pain et du sel, un morceau de viande de mouton, un fromage frais, des fruits et un gros pain noir. Elle a ajouté d'elle-même[2] une bouteille de vin vieux.

Le visage de l'évêque devient tout à coup gai. « À table ! » dit-il. Comme il en a l'habitude avec un étranger, il fait asseoir l'homme à sa droite. Mlle Baptistine prend place à sa gauche. L'évêque dit une prière, puis sert lui-même la soupe comme il le fait chaque jour. L'homme se met à manger.

Tout à coup l'évêque s'écrie : « Mais il me semble qu'il manque quelque chose sur cette table. » Mme Magloire comprend. Elle va chercher les six couteaux, fourchettes et cuillers d'argent, les deux chandeliers, et elle les place comme d'habitude devant les trois personnes en train de dîner.

---

1. Le souper : le dernier repas de la journée, le dîner aujourd'hui.
2. D'elle-même : sans que personne ne le lui demande.

L' homme s'endort tout habillé

Après avoir dit bonsoir à sa sœur, Monseigneur Myriel prend sur la table un des chandeliers d'argent, remet[1] l'autre à l'homme et lui dit : « Monsieur, je vais vous conduire à votre chambre. » L'homme le suit. Au moment où ils traversent la chambre de l'évêque, Mme Magloire range l'argenterie dans l'armoire près du lit. C'est la dernière chose qu'elle fait chaque soir avant d'aller se coucher.

L'évêque fait entrer l'homme. Il pose le chandelier sur une petite table. Un lit frais et blanc attend. « Allons, dit-il, passez une bonne nuit. Demain matin, avant de partir, vous boirez une tasse de lait tout chaud.

– Merci, monsieur », répond l'homme.

Puis, tout à coup, quelque chose se passe en celui-ci. Il se tourne vers l'évêque, le regarde avec haine[2] et dit d'une voix dure :

« Ah ! çà, vraiment, vous osez me loger[3] chez vous, près de vous, comme cela ! »

Il rit et ajoute :

« Avez-vous pensé à ce que vous faites ? Qui vous dit que je n'ai pas tué, que je ne vais pas recommencer ? »

L'évêque répond :

« Cela regarde le bon Dieu. »

---

1. Remettre : donner.
2. Haine : contraire de amour.
3. Loger : ici, recevoir, faire habiter quelqu'un chez soi.

Et lentement, en remuant les lèvres comme quelqu'un qui prie*, il lève la main droite et fait le signe de la croix* au-dessus de la tête de l'homme. Puis, sans regarder derrière lui, il sort de la chambre.

Un moment après, il est dans son jardin, marchant, rêvant, priant, l'âme et la pensée toutes à ces grandes choses que Dieu montre la nuit aux yeux qui restent ouverts.

L'homme, lui, est très fatigué. Il n'a même pas la force d'entrer dans les bons draps blancs. Il éteint la lampe et se laisse tomber tout habillé sur le lit où il s'endort tout de suite profondément.

Minuit sonne quand l'évêque rentre de son jardin dans sa chambre. Quelques minutes après, tout dort dans la petite maison.

Qui est Jean Valjean ?

Tout jeune, Jean Valjean a perdu[1] sa mère et son père. Sa mère est morte d'une fièvre[2] mal soignée. Son père s'est tué en tombant d'un arbre. Il est resté seulement à Jean Valjean une sœur plus âgée que lui, avec ses enfants. Cette sœur élève[3] Jean Valjean. À la mort de son mari, Jean le remplace. Il a alors vingt-quatre ans et les enfants de sa sœur ont de huit à un ans.

---

1. Il a perdu sa mère : sa mère est morte.
2. Une fièvre : ici, une maladie.
3. Élever : s'occuper d'un enfant jusqu'à ce qu'il grandisse.

Il gagne quelque argent à couper des arbres, puis comme moissonneur. Sa sœur travaille de son côté, mais que faire avec sept petits enfants ? Le malheur vient sur eux. Un hiver plus froid que les autres, Jean reste sans travail. La famille n'a pas de pain et il y a sept enfants.

Un dimanche soir, Maubert Isabeau, boulanger sur la place de l'Église à Faverolles, va se coucher quand il entend en bas un coup dans la vitre de sa boutique. Il arrive à temps pour voir un bras passer à travers un trou fait d'un coup de poing. Le bras prend un pain et l'emporte. Isabeau sort vite et arrête le voleur. Celui-ci a jeté le pain, mais il a encore le bras en sang[1]. C'est Jean Valjean.

Cela se passe en 1793. Jean Valjean est condamné* à cinq ans de prison... Le 22 avril 1796, une grande chaîne[2] est formée. Jean Valjean fait partie de cette

---

1. En sang : plein de sang.
2. Une chaîne : une sorte de grosse corde en métal ; ici, les prisonniers sont attachés les uns aux autres par une chaîne.

chaîne. Il est assis à terre comme tous les autres. Il paraît ne rien comprendre à ce qui lui arrive. Pendant qu'on attache la chaîne à grands coups de marteau[1] derrière sa tête, il pleure et ne sait que répéter : « Je suis un ouvrier de Faverolles. »

Jean Valjean part pour Toulon. Il y arrive après un voyage de vingt-sept jours, la chaîne au cou. À Toulon, il est habillé d'une veste rouge. Tout s'efface[2] de ce qui a été sa vie, jusqu'à son nom ; il n'est même plus Jean Valjean, il est le numéro 24601. Que devient la sœur ? Que deviennent les sept enfants ?

Que s'est-il passé dans cette âme ?

Jean Valjean commence par se juger[3] lui-même. Ce pain qu'il a volé, il pouvait le demander ou attendre. On peut souffrir longtemps et beaucoup sans mourir, mais il est rare qu'on meure de faim. Il a eu tort[4] et il reconnaît sa faute.

Puis il se demande s'il est le seul qui ait tort dans cette triste histoire ? N'est-ce pas une chose mauvaise que, lui, travailleur, ait manqué de travail, manqué de pain ? Après la faute, la punition n'a-t-elle pas été trop forte ? Les hommes lui ont fait du mal. Ils l'ont

---

1. Un marteau : objet en bois ou en métal qui sert à donner des coups.
2. S'effacer : disparaître.
3. Se juger : décider si on a fait une faute ou pas.
4. Avoir tort : contraire de avoir raison, faire une faute, se tromper.

touché seulement pour le blesser. Jean Valjean croit que la vie est une guerre et que dans cette guerre il a perdu.

Cela est triste à dire ; après avoir jugé les hommes qui ont fait son malheur, il juge celui qui a fait les hommes. Il le condamne aussi.

Nous ne devons pas oublier d'écrire qu'il est le plus fort de tous les prisonniers. Il lève et peut porter de très grands poids[1]. Ses camarades entre eux l'appellent Jean le Cric[2].

Il est aussi adroit qu'il est fort ; passer d'un étage à un autre comme un chat est aussi pour lui un jeu. Il n'a besoin pour monter que d'un coin de mur, de ses mains, de ses pieds, de ses coudes et de ses genoux.

Jean Valjean, à sa sortie de prison, n'est plus le jeune homme qui pleurait. Il peut maintenant faire le mal pour le plaisir de rendre celui qu'on lui a fait. Il peut surtout le faire par haine de toute loi* et de tout être vivant, même contre les bons et les justes, s'il y en a. Jean Valjean, c'est vrai, est « un homme très dangereux ».

1. Un poids : quelque chose de lourd.
2. Un cric : objet qui sert à soulever les choses lourdes.

*L*e pardon

Le lendemain, au soleil levant, Monseigneur Myriel se promène dans son jardin. Mme Magloire court vers lui. « Monseigneur, Monseigneur, crie-t-elle, savez-vous où est le panier d'argenterie ? – Oui, dit l'évêque. – Dieu est bon ! répond-elle. Je ne savais pas ce qu'il était devenu. »

L'évêque vient de ramasser le panier dans l'herbe. Il le présente[1] à Mme Magloire.

« Le voilà.

– Eh bien ? dit-elle. Rien dedans ! Et l'argenterie ?

– Ah ! répond l'évêque. C'est donc l'argenterie qui vous occupe. Je ne sais pas où elle est.

– Grand bon Dieu ! Elle est volée. C'est l'homme d'hier soir qui l'a volée… »

L'évêque reste silencieux un moment, puis il dit à Madame Magloire avec douceur : « Et d'abord, cette argenterie était-elle à nous ? » Madame Magloire reste muette[2]. Il y a encore un silence, puis l'évêque continue : « Mme Magloire, j'avais depuis longtemps cette argenterie. Elle devait aller aux pauvres. Qui était cet homme ? Un pauvre, c'est sûr. » À ce moment on frappe à la porte. « Entrez », dit l'évêque… La porte s'ouvre. Un groupe apparaît. Trois hommes en tiennent un quatrième. Les trois hommes sont des gendarmes*, l'autre est Jean Valjean.

---

1. Présenter : ici, donner.
2. Muet : qui ne peut pas parler.

Monseigneur Myriel s'avance vers lui aussi vite que son grand âge le lui permet. « Ah ! vous voilà ! s'écrie-t-il en regardant Jean Valjean. Je suis bien content de vous voir. Eh bien ! Mais je vous ai donné les chandeliers aussi, qui sont en argent comme le reste et qui valent aussi deux cents francs. Pourquoi ne les avez-vous pas emportés avec les cuillers et les fourchettes ? » Jean Valjean regarde l'évêque sans comprendre.

« Monseigneur, dit le chef des gendarmes, ce que cet homme dit est donc vrai ? Il passait. Nous l'avons arrêté pour voir. Il avait cette argenterie...

– Et il vous a dit qu'elle lui a été donnée par un vieux prêtre*, dans une maison où il a passé la nuit ? Et vous l'avez ramené ici ? Vous vous êtes trompés.

– Alors, répond le gendarme, nous pouvons le laisser aller ?

– Sans doute », répond l'évêque.

Les gendarmes laissent aller Jean Valjean qui recule. « Est-ce que c'est vrai qu'on me laisse ? dit-il d'une voix sourde[1] et comme s'il parlait dans son sommeil. – Oui, on te laisse, tu n'entends donc pas ? dit un gendarme. – Mon ami, reprend l'évêque, avant de vous en aller, voici vos chandeliers. Prenez-les. » Et il les apporte lui-même à Jean Valjean.

Celui-ci les prend. Il a l'air de ne pas comprendre encore ce qui lui arrive. Il est comme un homme qui va tomber. L'évêque vient à lui, et dit à voix basse : « Maintenant allez en paix, mais n'oubliez jamais que vous devez employer cet argent à devenir un homme bon. »

---

1. Sourd : une voix sourde est une voix qu'on entend mal.

Une mère qui en rencontre une autre

Il y avait entre 1800 et 1823, à Montfermeil, près de Paris, une sorte d'hôtel pauvre, tenu[1] alors par des gens appelés Thénardier, mari et femme.

Devant cet hôtel, un soir de printemps de 1818, une très grosse voiture, faite pour tirer des arbres, est arrêtée. Dessous, des chaînes pendent, et, sur l'une d'elles, sont assises, ce soir-là, deux petites filles. L'une a environ deux ans et demi, l'autre dix-huit mois. La plus petite est dans les bras de la plus grande. Un morceau de tissu adroitement mis les empêche de tomber. Une mère a vu cette chaîne et a dit : « Tiens ! voilà un jouet pour mes enfants. »

Les deux enfants, bien habillées, ont l'air heureuses. Leurs yeux brillent. Elles rient. L'une est très brune, l'autre l'est moins. À quelques pas, assise à l'entrée de l'hôtel, la mère tire sur la chaîne. Les petites filles rient. Le soleil couchant les éclaire.

Tout en tirant sur la chaîne, la mère chante. Sa chanson et ses deux petites filles l'empêchent d'entendre et de voir ce qui se passe dans la rue. Cependant, quelqu'un est arrivé près d'elle et tout à coup elle entend une voix qui lui dit : « Vous avez là deux jolies enfants, madame. »

Une femme est à quelques pas. Cette femme, elle aussi, a un enfant qu'elle porte dans ses bras. Elle tient en plus un assez gros sac qui semble très lourd.

---

1. Tenir (un hôtel) : diriger.

L'enfant de cette femme est un des plus beaux qu'on puisse voir. C'est une fille de deux à trois ans. Elle est joliment habillée. Elle porte du linge fin. Le pli de sa jupe laisse voir une petite jambe blanche et forte. Elle est rose. Ses joues ont l'air de pommes. Elle dort, comme on dort dans les bras d'une mère, profondément.

La mère, elle, a l'air pauvre et triste. Elle ressemble à une ouvrière qui redevient paysanne. Elle est jeune. Elle a été belle, mais il n'y paraît pas. Ses cheveux blonds semblent très épais, mais disparaissent sous un mouchoir, laid, serré, qui passe sous le menton. Ses yeux ne semblent pas être secs depuis bien longtemps. Elle doit être très fatiguée et un peu malade. Elle regarde sa fille endormie dans ses bras avec amour. Elle a les mains brunes et les doigts durcis par le travail et l'aiguille. Sa robe est de toile. Elle porte de gros souliers. Cette femme qui s'appelle

Fantine répète : « Vous avez là deux jolies enfants, madame. »

La mère lève la tête, remercie et fait asseoir la passante sur le banc près de la porte. Les deux femmes parlent. « Je m'appelle Mme Thénardier, dit alors la mère des deux petites filles. Nous tenons cet hôtel. »

Cette Mme Thénardier est une femme sèche[1], toute en os. Elle est jeune encore, elle a à peine trente ans. Debout, avec ses épaules d'homme et son air dur[2], elle ferait peur. Mais la voyageuse la voit assise. Une personne qui est assise au lieu d'être debout et voilà une vie changée !

La voyageuse raconte son histoire : elle est ouvrière ; son mari est mort ; le travail manque à Paris ; elle a quitté Paris le matin même ; elle portait son enfant et elle s'est sentie fatiguée.

Les deux femmes continuent de parler : « Comment s'appelle votre enfant ? – Cosette. – Quel âge a-t-elle ? – Elle va avoir trois ans. – C'est comme ma première fille. »

Cependant les trois petites filles se groupent[3] ; une petite bête vient de sortir de terre ; et elles ont peur, et elles sont intéressées en même temps. Leurs fronts heureux se touchent. « Les enfants, s'écrie la mère Thénardier, se connaissent tout de suite ! On dirait trois sœurs ! » La nouvelle venue prend alors la main de la Thénardier, la regarde dans les yeux et dit : « Voyez-vous, je ne peux pas emmener ma fille dans mon village. Le travail ne le permet pas. Voulez-vous me garder mon enfant ? – Je ne sais pas, dit la

---

1. Sèche : ici, maigre.
2. Un air dur : un air méchant.
3. Se grouper : se mettre ensemble.

Thénardier[1]. – Je donnerai six francs par mois. »

Alors une voix d'homme crie au fond de l'hôtel : « Pas à moins de sept francs. Et six mois payés d'avance[2]. – Je les donnerai, dit la mère. J'ai quatre-vingts francs. Il me restera de quoi aller à mon village à pied. Je gagnerai de l'argent là-bas, et quand j'en aurai un peu, je reviendrai chercher la petite. »

Le marché[3] est passé. La mère couche la nuit à l'hôtel, donne son argent et laisse son enfant.

Quand la mère de Cosette est partie, l'homme dit à la femme : « Cela va m'aider à payer demain les cent dix francs que je dois. Il m'en manquait cinquante. Sans toi et les petites, j'allais en prison. Ah ! tu es adroite. »

Deux laides figures

Qui sont les Thénardier ?... Ni de bons ouvriers, ni des gens intelligents. On ne peut être sûr de gens pareils, ni de ce qu'ils ont fait, ni de ce qu'ils feront.

Ce Thénardier raconte qu'il a été soldat, qu'il a fait la guerre en 1815 et qu'il a sauvé un colonel. Mme Thénardier, elle, lit des livres d'amour bêtes et elle a appelé ses deux filles Eponine et Azelma.

Leur hôtel marche[4] mal et, le deuxième mois, la femme porte à Paris le linge et les vêtements de

---

1. La Thénardier : la femme Thénardier.
2. D'avance : avant la date normale du paiement, avant de commencer.
3. Passer un marché : s'entendre avec quelqu'un pour lui donner quelque chose en échange d'autre chose.
4. Marcher : ici, l'hôtel fonctionne mal, ne fait pas de bonnes affaires.

Cosette. Elle reçoit soixante francs et habille l'enfant, qui n'a plus de linge ni de vêtements, avec les vieilles jupes et les vieilles chemises des petites Thénardier. On lui donne à manger les restes[1] de tout le monde, un peu mieux que le chien, un peu plus mal que le chat.

Comme on le verra plus tard, la mère, qui a trouvé du travail à Montreuil-sur-Mer, écrit, ou pour mieux dire, fait écrire tous les mois pour avoir des nouvelles de son enfant. Les Thénardier répondent chaque fois : « Cosette va très bien. »

Les six premiers mois passés, la mère envoie sept francs pour le septième mois, et continue ses envois de mois en mois. L'année n'est pas finie que le Thénardier dit : « Nous n'avons pas assez avec sept francs. » Et il en demande dix. La mère croit que son enfant est heureuse et envoie les dix francs.

Certaines femmes ne peuvent aimer d'un côté sans haïr de l'autre. La mère Thénardier aime ses deux filles et va haïr l'étrangère. Voilà où peut conduire l'amour d'une mère ! Cosette tient bien peu de place. Pourtant cette mère trouve que c'est encore une place prise à ses filles et Cosette ne fait pas un mouvement sans recevoir des coups.

La Thénardier étant méchante pour Cosette, Eponine et Azelma, ses filles, sont méchantes aussi. Les enfants, à cet âge, sont ce que sont leurs parents, en plus petit.

Une année passe, puis une autre. On dit dans le village : « Ces Thénardier sont de braves gens[2]. Ils ne sont pas riches et cependant ils élèvent une

---

1. Les restes : la nourriture qui reste après le repas, quand tout le monde a fini de manger.
2. De braves gens : des gens bons et honnêtes.

pauvre enfant qu'on a laissée chez eux ! » On croit Cosette oubliée par sa mère.

Peu à peu l'enfant devient la servante de la maison. On lui fait balayer[1] les chambres, la cour, la rue, laver les assiettes, porter les paquets. La mère, restée à Montreuil-sur-Mer, commence à mal payer. Cosette, si jolie et si fraîche à son arrivée dans cette maison, est maintenant maigre et jaune. Elle a toujours l'air d'avoir peur.

Monsieur Madeleine

Cette mère, qui, pour les gens de Montfermeil, semble avoir oublié son enfant, que devient-elle ? Que fait-elle ?

Après avoir laissé sa petite Cosette aux Thénardier, elle a continué son chemin et elle est arrivée à Montreuil-sur-Mer. Cette ville a bien changé depuis une dizaine d'années. Vers la fin de 1815, un homme, un inconnu[2], est venu et en moins de trois ans il est devenu riche et il a rendu tout le monde riche. Grâce à lui, Montreuil est devenue une ville d'affaires[3] qui commerce jusqu'à Londres, Madrid et Berlin. Le père Madeleine gagne beaucoup d'argent et la deuxième année il construit une grande usine. Ceux qui ont faim peuvent s'y présenter. Ils sont sûrs de trouver là du travail.

---

1. Balayer : nettoyer le sol avec un balai.
2. Un inconnu : une personne qui n'est pas connue.
3. Une ville d'affaires : une ville où on fait du commerce.

On ne sait rien du passé de cet homme. On raconte qu'il est venu dans la ville avec peu d'argent, quelques centaines de francs au plus, et qu'il avait les vêtements et la façon de parler d'un ouvrier. Il paraît que, le jour où il a fait son entrée dans la petite ville, le sac au dos et le bâton à la main, le feu a pris à la mairie. Il s'est jeté dans le feu ; il a sauvé les deux enfants d'un gendarme, et on n'a pas pensé à lui demander d'explications. Depuis, on a su son nom. Il s'appelle le père Madeleine. C'est un homme d'environ cinquante ans, qui a l'air sérieux et qui est bon. Voilà tout ce qu'on peut dire.

En 1820, cinq ans après son arrivée à Montreuil-sur-Mer, le roi le nomme[1] maire de la ville. Il refuse ; mais on le prie[2] tant qu'il doit dire oui. C'est une vieille femme du peuple qui l'a décidé. Elle lui a crié : « Un bon maire, c'est utile. Est-ce qu'on recule devant le bien qu'on peut faire ? »

Le père Madeleine était devenu M. Madeleine. M. Madeleine devient M. le maire... Il reste aussi simple que le premier jour. Il a les cheveux gris, l'œil sérieux, la peau dure de l'ouvrier. Il porte habituellement un grand chapeau et une longue veste de drap. Il remplit ses devoirs[3] de maire ; mais, en dehors de la mairie, il vit seul. Il parle à peu de monde, salue de loin, sourit, s'en va vite.

Il n'est plus jeune, mais on dit qu'il a une force étonnante. Il aide qui en a besoin, relève un cheval, pousse une roue, arrête par les cornes une bête qui se sauve. Il a toujours sa poche pleine de monnaie en

---

1. Nommer : choisir quelqu'un pour un travail.
2. Prier : ici, demander à quelqu'un de faire quelque chose.
3. Remplir son devoir : faire ce qu'on doit faire.

sortant, et vide en rentrant. Quand il passe dans un village, les enfants courent joyeusement vers lui et l'entourent.

Il fait beaucoup de bonnes choses en se cachant comme on se cache pour les mauvaises. Il est aimable et triste. Le peuple dit : « Voilà un riche qui n'a pas l'air content. »

Quelques-uns racontent qu'on n'entre jamais dans sa chambre où il y a seulement un lit de fer, une chaise et une table de bois blanc. Pour d'autres, il a de grandes sommes chez Laffitte et il a demandé qu'il puisse toujours les emporter en quelques minutes. En fait, ses millions sont seulement six cent trente ou quarante mille francs.

Javert

Comme tous les hommes qui réussissent[1], M. Madeleine n'est d'abord pas aimé ; mais il arrive un moment où ce mot, « M. le maire », est dit à Montreuil-sur-Mer comme cet autre mot, « Monseigneur l'évêque », était dit à Digne en 1813. On vient de quarante kilomètres lui demander conseil[2].

Un seul homme, dans le pays, refuse son amitié à M. Madeleine. Souvent, quand ce dernier passe dans une rue, entouré de ses amis, un homme grand, portant une veste grise, armé d'un bâton, se retourne et le suit des yeux. Il remue lentement la tête et pense :

---

1. Réussir : ici, avoir un bon métier, gagner beaucoup d'argent.
2. Demander conseil : demander à quelqu'un ce qu'il faut faire.

« Mais qu'est-ce que c'est que cet homme-là ? Sûrement je l'ai vu. Il ne me trompe[1] pas. »

Cet homme se nomme Javert, et il est de la police.

Javert a un gros nez plat, deux trous dans le nez, autour, sur les joues, beaucoup de poils. Quand il rit, ce qui est rare et terrible, ses lèvres minces s'ouvrent et laissent voir toutes ses dents, sa peau fait des plis autour du nez et il a l'air d'une bête.

Il est sérieux, rêveur et triste. Son regard est froid comme la lame d'un couteau. Il travaille jour et nuit. Il est policier comme on est prêtre. Pour lui, un agent du gouvernement[2], aussi petit soit-il, ne peut se tromper et rien de bon ne peut sortir de quelqu'un qui a fait la faute la plus légère. Malheur à qui tombe sous sa main ! Il arrêterait son père ou sa mère et avec joie.

On ne voit pas son front qui disparaît sous son chapeau, on ne voit pas ses yeux qui se perdent sous de longs poils, on ne voit pas son menton sous sa cravate, on ne voit pas ses mains qui rentrent dans ses manches, on ne voit pas le bâton qu'il porte d'habitude sous la veste. Il est couleur de mur. Mais, tout à coup, sortent de l'ombre un front étroit, un regard d'ennemi[3], un menton méchant, de grosses mains et un gros bâton, c'est Javert.

Javert est comme un œil planté sur M. Madeleine. Celui-ci finit par s'en apercevoir, mais il semble qu'il s'en moque[4]. Il porte sans paraître y faire attention ce regard gênant et presque lourd. Il est bon avec cet homme comme il est bon avec tout le monde.

---

1. Tromper : faire croire des choses fausses.
2. Un agent du gouvernement : quelqu'un qui travaille pour les gens qui dirigent le pays.
3. Un ennemi : quelqu'un qu'on n'aime pas ou qui ne vous aime pas.
4. S'en moquer : ça lui est tout à fait égal, ça ne lui fait pas peur.

*L*e Père Fauchelevent

M. Madeleine passe un matin dans une petite rue de Montreuil-sur-Mer. Il entend un bruit et voit un groupe. Il y va. Un vieil homme, nommé le père Fauchelevent, vient de tomber sous sa voiture. Le cheval est lui aussi à terre.

Le cheval a les deux jambes cassées et ne peut pas se relever. Le vieil homme est pris entre les roues. Toute la voiture pèse[1] sur sa poitrine et elle est lourdement chargée. Le père Fauchelevent pousse des cris. On essaie de le tirer. Impossible. Une aide ou un effort maladroit[2] peuvent le tuer. Pour le sauver, il faut soulever la voiture par-dessous. Javert, qui était là au moment de l'accident, a envoyé chercher un cric. M. Madeleine arrive. On lui fait place avec respect[3]. « À l'aide ! » crie le vieux Fauchelevent. M. Madeleine se tourne vers les hommes qui l'entourent. « A-t-on un cric ? – On est allé en chercher un, répond un paysan, mais il faudra un bon quart d'heure pour l'amener. – Un quart d'heure ! s'écrie M. Madeleine. Il est impossible d'attendre un quart d'heure. Il y a encore assez de place sous la voiture pour qu'un homme passe et la soulève avec son dos. Une demi-minute seulement et on tirera le pauvre homme. Quelqu'un veut-il gagner cinq pièces d'or ? » Personne ne remue. « Dix pièces d'or », dit Madeleine.

---

1. Peser : ici, la voiture écrase sa poitrine.
2. Un geste maladroit : un geste mal fait.
3. Le respect : sentiment qu'on a pour quelqu'un qu'on admire.

Les hommes baissent les yeux. L'un d'eux dit à voix basse : « On peut se faire écraser[1] !

– Allons, recommence Madeleine, vingt pièces d'or ! » Même silence.

« Ils voudraient bien », dit une voix. Madeleine se retourne et reconnaît Javert. Il ne l'a pas aperçu en arrivant. Javert continue : « Mais la force leur manque. Il faudrait être terriblement fort pour lever une voiture aussi lourde sur son dos. » Il s'arrête, puis reprend en regardant M. Madeleine et en pesant chaque mot[2] : « Monsieur Madeleine, j'ai connu un seul homme qui pouvait faire ce que vous demandez là. » Sans quitter Madeleine des yeux, il ajoute : « C'était un prisonnier. – Ah ! dit Madeleine. – De Toulon. »

Cependant la voiture continue d'entrer dans le sol lentement. Madeleine regarde autour de lui et dit : « Personne ne veut donc gagner vingt pièces d'or et sauver la vie à ce pauvre vieux ! » Aucun des hommes ne remue. Javert reprend : « Je vous l'ai dit, un seul homme pouvait remplacer un cric. C'était ce prisonnier. »

Madeleine lève la tête, rencontre l'œil d'oiseau de Javert, regarde les paysans et sourit tristement. Puis, sans dire une parole, il tombe à genoux, et se couche sous la voiture.

Il y a un moment de silence. Madeleine, couché sous le poids terrible, essaie deux fois de lever la voiture. Autour, les hommes respirent avec peine. Les roues continuent d'entrer en terre. Madeleine va être écrasé à son tour.

---

1. Être écrasé : être blessé ou tué par quelque chose de très lourd.
2. Peser chaque mot : bien réfléchir à tout ce qu'on va dire car chaque mot est important et grave.

Tout à coup on voit la lourde voiture se soulever lentement, les roues sortir à demi de terre. On entend une voix qui crie : « Dépêchez-vous ! Aidez-moi ! » C'est Madeleine qui vient de faire un dernier effort.

Tous les hommes se jettent sur les roues. La voiture est enlevée par vingt bras. Le vieux Fauchelevent est sauvé.

Madeleine se relève. Ses habits sont déchirés[1] et couverts de terre. Tous pleurent. Le vieil homme lui embrasse les genoux et l'appelle le bon Dieu.

Lui, a sur le visage je ne sais quel air de peine heureuse, et il regarde tranquillement Javert.

Fauchelevent a une jambe cassée. Le père Madeleine le fait porter à l'infirmerie[2] qu'il a fait construire pour ses ouvriers. Le lendemain matin, le vieil homme trouve mille francs sur la table près de son lit, avec ce mot du père Madeleine : « Je vous

---

1. Déchiré : en morceaux.
2. Une infirmerie : endroit où l'on reçoit et l'on soigne les malades et les blessés.

achète votre voiture et votre cheval. » La voiture est cassée et le cheval est mort.

Fauchelevent guérit, mais son genou reste malade. M. Madeleine fait placer[1] le bonhomme comme jardinier dans le quartier Saint-Antoine à Paris.

La descente

Tous les gens de Montreuil-sur-Mer sont heureux et riches. Il y a du travail pour tous. Quand elle revient, Fantine ne connaît plus personne. Mais elle se présente à l'usine de M. Madeleine et on l'emploie[2] dans l'atelier[3] des femmes.

Elle ne connaît pas son nouveau métier ; elle ne peut pas y être bien adroite ; elle reçoit donc peu d'argent ; mais enfin, elle gagne sa vie.

Un an plus tard, Fantine perd sa place. Elle croit que c'est la faute de M. Madeleine et elle le hait. Celui-ci pourtant n'en a rien su. Elle se met à coudre[4] de grosses chemises pour les soldats et gagne seulement douze sous par jour. Des mois passent. Elle n'arrive plus à payer les Thénardier.

Avoir sa petite fille avec elle serait un grand bonheur. Elle pense à la faire venir. Mais pour quoi ? Pour lui faire partager sa misère ? Et puis, elle doit de l'argent aux Thénardier ! Comment payer ? Et le voyage ! Comment payer encore ?

---

1. Placer : donner un travail.
2. Employer : faire travailler.
3. Un atelier : dans une usine, endroit où travaillent les ouvriers.
4. Coudre : faire des habits avec du tissu, du fil et une aiguille.

Trop de travail fatigue. Fantine tousse de plus en plus. Elle dit quelquefois à sa voisine : « Regardez comme mes mains sont chaudes. »

Fantine passe des nuits à pleurer et à tousser. Elle ne se plaint[1] pas. Elle coud dix-sept heures par jour. Mais le chef de la prison oblige les prisonniers à travailler pour presque rien et fait baisser les prix. On ne paie plus les ouvrières que neuf sous. Dix-sept heures de travail, et neuf sous par jour !

Vers le même temps, le Thénardier lui écrit qu'il a attendu avec trop de bonté, et qu'il lui faut cent francs tout de suite, sinon il va mettre à la porte[2] la petite Cosette, sortant de maladie, par le froid ; elle deviendra ce qu'elle pourra ; elle mourra si elle veut.

Au bureau de police

Il y a dans toutes les petites villes, et il y a à Montreuil-sur-Mer, des jeunes gens qui se croient des gens intelligents, qui chassent, fument, boivent, sentent le tabac, jouent[3], regardent les voyageurs passer et ne travaillent pas. Ce sont tout simplement des gens qui ne savent pas quoi faire.

Vers les premiers jours de janvier 1823, un soir où il a neigé, un de ces jeunes gens s'en prend[4] à une pauvre femme près d'un café. Chaque fois que cette

---

1. Se plaindre : raconter ses malheurs, dire qu'on n'est pas heureux.
2. Mettre quelqu'un à la porte : le mettre dehors.
3. Jouer : ici, jouer pour de l'argent.
4. S'en prendre à quelqu'un : déranger, attaquer quelqu'un.

femme passe devant lui, il lui jette de la fumée au visage et lui dit quelque chose : « Que tu es laide ! – Veux-tu te cacher ! – Tes cheveux sont sales », etc. Le jeune homme s'appelle M. Bamatabois. La femme, qui va et vient sur la neige, ne lui répond pas, ne le regarde même pas. L'homme, quand elle tourne le dos, s'avance derrière elle, se baisse, prend de la neige et la lui met dans le dos. Le femme crie, se tourne, se jette sur l'homme. C'est la Fantine.

Des hommes sortent du café et entourent cet homme et cette femme qui se battent. L'homme a son chapeau à terre. La femme frappe des pieds et des poings.

Tout à coup, un homme grand prend la femme par le bras et lui dit : « Suis-moi ! » La femme lève la tête. Sa voix s'éteint. Ses yeux deviennent blancs. Elle reconnaît Javert. M. Bamatabois disparaît.

Javert se met à marcher à grands pas vers le bureau de police. Il tient maintenant la misérable par la main. Elle se laisse emmener. Ni lui ni elle ne parlent. Les gens suivent en riant.

Le bureau de police est une salle basse chauffée par un poêle[1]. Javert ouvre la porte, entre avec Fantine, et referme la porte derrière lui. Fantine va tomber dans un coin comme une chienne qui a peur. Javert s'assied, tire de sa poche une feuille de papier et se met à écrire. Quand il a fini, il signe[2], plie le papier et dit au policier de service : « Prenez trois hommes, et conduisez cette fille en prison. » Puis, se tournant vers Fantine : « Tu en as pour six mois. – Six mois ! Six mois de prison ! crie la malheureuse.

---

1. Un poêle : un appareil qui sert à chauffer une pièce.
2. Signer : mettre son nom au bas d'une lettre.

Six mois à gagner sept sous par jour ! Mais que deviendra Cosette ? Ma fille ! Ma fille ! Mais je dois encore plus de cent francs aux Thénardier, monsieur, savez-vous cela ? »

Elle vient à genoux sur le sol au-devant de tous ces hommes, sans se lever, les mains tendues. « Monsieur Javert, dit-elle, je n'ai pas eu tort, comprenez. C'est ce monsieur que je ne connais pas qui m'a mis de la neige dans le dos. J'ai eu froid. Je suis un peu malade, voyez-vous ! »

Elle continue, cassée en deux, aveuglée[1] par les larmes, toussant d'une toux sèche et courte... Par moments elle s'arrête et embrasse le pied du policier ; mais que peut-on contre un cœur de bois[2] ?

« Allons ! dit Javert, je t'ai écoutée. As-tu bien tout dit ? Marche maintenant ! Tu en as pour six mois ! Personne, même Dieu, ne peut plus changer quelque chose. »

Elle prie encore... Javert tourne le dos. Les soldats la prennent par les bras.

Depuis quelques minutes, un homme est entré. Il a refermé la porte, et a entendu les prières désespérées de la Fantine. Au moment où les soldats mettent la main sur la malheureuse, qui ne veut pas se lever, il fait un pas, sort de l'ombre et dit : « Un moment, s'il vous plaît ! »

Javert lève les yeux et reconnaît M. Madeleine. Il ôte[3] son chapeau, il salue : « Pardon, monsieur le maire... » Ce mot, M. le maire, frappe la Fantine. Elle se lève, repousse les soldats des deux bras, marche droit à M. Madeleine et, le regardant avec des yeux

---

1. Être aveuglé : ici, les larmes empêchent Fantine de voir.
2. Un cœur de bois : un cœur dur.
3. Ôter : enlever.

fous, elle crie : « Ah ! c'est toi, toi qui es M. le maire ! »
Puis elle se met à rire et elle lui crache au visage.

M. Madeleine s'essuie le visage et dit : « Javert, met-
tez cette femme en liberté*. » Javert croit qu'il
devient fou. Voir cracher au visage d'un maire est
une chose terrible. La pensée et la parole lui man-
quent à la fois. Il reste muet.

La Fantine n'est pas moins étonnée. Elle regarde
tout autour d'elle, et elle se met à parler à voix basse,
comme si elle se parlait à elle-même :

« En liberté ! Libre ! Me laisser ! ne pas aller en
prison six mois ! Qui est-ce qui a dit cela ? Ce n'est
pas possible. J'ai mal entendu. Est-ce que c'est vous,
mon bon monsieur Javert, qui avez dit qu'on me mette
en liberté ! Oh ! voyez-vous ! Je vais vous expliquer
et vous me laisserez aller : ce maire, c'est lui qui est
cause de tout. Il m'a chassée, monsieur Javert. Alors
je n'ai rien gagné et tout le malheur est venu. »

La Fantine s'adresse alors aux soldats : « Les
enfants, monsieur Javert a dit qu'on me laisse partir,

je m'en vais. » Elle avance vers la porte. Un pas de plus, elle est dans la rue. Javert retrouve la parole. Il crie : « Gendarmes, vous ne voyez pas que cette femme s'en va ! Qui est-ce qui a dit de la laisser aller ? – Moi », dit Madeleine.

À ce « moi » le policier se tourne vers le maire, et froid, il dit, l'œil baissé :

« Monsieur le maire, cela ne se peut pas.

– Javert, répond M. Madeleine, je ne refuse pas de m'expliquer avec vous. Voici la vérité : je passais sur la place au moment où vous emmeniez cette femme. J'ai tout appris. C'est l'homme qui a eu tort, et qui devrait être arrêté. »

Javert répond : « Cette misérable a craché sur monsieur le maire. – Ceci me regarde, dit Madeleine. J'ai entendu cette femme. Je sais ce que je fais. – Et moi, monsieur le maire, je ne sais pas ce que je vois. – Alors obéissez. – J'obéis à mon devoir. Mon devoir est d'envoyer cette femme en prison six mois. »

Madeleine répond avec douceur. « Écoutez ceci. Elle n'en fera pas un jour. »

À cette parole Javert ose regarder le maire dans les yeux et lui dit, mais toujours avec respect : « Je ne peux pas obéir à monsieur le maire. C'est la première fois de ma vie. Je suis le maître ici. C'est un fait de police de la rue qui me regarde, et je retiens la femme Fantine. »

Alors, M. Madeleine dit avec une voix que personne dans la ville n'a encore entendue : « C'est un fait de police de la ville. Je donne ordre que cette femme soit mise en liberté. – Mais, monsieur le maire... – Je vous rappelle la loi du 13 décembre 1799. Vous êtes dans votre tort. – Monsieur le maire, permettez... – Plus un mot. – Pourtant... – Sortez. »

Javert reçoit le coup, debout, de face, et en pleine poitrine. Il salue M. le maire jusqu'à terre et sort. Fantine le regarde passer devant elle. Elle ne comprend pas encore ce qui lui arrive. Ce M. Madeleine qui la défend, est-ce cet homme qu'elle hait ? S'est-elle donc trompée ? Elle sent naître dans son cœur quelque chose de chaud qui est de la joie et de l'amour. Puis elle perd connaissance[1].

Commencement du repos

M. Madeleine fait porter Fantine à l'infirmerie dans sa propre usine. Les religieuses* la mettent au lit. Une fièvre brûlante[2] la prend.

Javert, dans cette nuit même, écrit une lettre. Il remet cette lettre le lendemain matin au bureau de poste de Montreuil-sur-Mer. Elle est adressée à « M. Chabouillet, directeur à la police. Paris. »

L'affaire du bureau de police se sait déjà et la directrice de la poste et quelques autres personnes qui voient la lettre reconnaissent l'écriture de Javert sur l'enveloppe et pensent qu'il demande à quitter la ville.

M. Madeleine, lui, écrit tout de suite aux Thénardier. Fantine leur doit cent vingt francs. Il leur envoie trois cents francs, en leur disant de se payer sur cette somme, et d'amener tout de suite l'enfant à Montreuil-sur-Mer où sa mère malade l'attend.

---

1. Perdre connaissance : ne plus rien voir, entendre, sentir.
2. Brûlante : ici, très forte, très chaude.

Cela fait perdre la tête[1] à Thénardier. « Gardons l'enfant ! dit-il à sa femme. Elle va nous rapporter beaucoup d'argent. » Cependant Fantine ne va pas mieux. Elle est toujours à l'infirmerie. M. Madeleine va la voir deux fois par jour, et chaque fois elle lui demande : « Verrai-je bientôt ma Cosette ?

– Peut-être demain matin. Je l'attends d'un moment à l'autre.

– Oh ! comme je vais être heureuse ! »

Mais la fièvre monte. Le médecin est appelé... M. Madeleine lui dit : « Eh bien ? »

« N'a-t-elle pas un enfant qu'elle aimerait voir ? dit le médecin.

– Oui.

– Dépêchez-vous de le faire venir. »

Le Thénardier cependant garde l'enfant et donne cent mauvaises raisons. Cosette est un peu malade. Elle ne peut pas partir l'hiver. Et puis on doit encore un peu d'argent pour elle, etc. « J'enverrai quelqu'un chercher Cosette, dit le père Madeleine. S'il le faut, j'irai moi-même. » Et il fait signer à Fantine cette lettre : « Monsieur Thénardier, vous remettrez Cosette à la personne. On vous paiera toutes les petites choses. Je vous salue poliment. Fantine. »

À ce moment il arrive quelque chose de très sérieux[2].

---

1. Perdre la tête : devenir fou, ne plus savoir ce qu'on fait.
2. Sérieux : ici, grave.

Champmathieu et Jean Valjean

M. Madeleine pense aller lui-même à Montfermeil. Un matin à la mairie il est occupé à préparer son départ quand on vient lui dire que Javert demande à lui parler.

M. le maire pose sa plume[1] et se tourne à demi : « Eh bien, qu'est-ce ? Qu'y a-t-il, Javert ? » Javert reste un moment silencieux, puis répond : « Il y a, monsieur le maire, qu'un simple agent* a manqué de respect[2] à un maire. Je viens, comme c'est mon devoir, rappeler le fait[3]. – Quel est cet agent ? demande M. Madeleine. – Moi, dit Javert. – Vous ? »

M. Madeleine se lève. Javert continue, les yeux toujours baissés : « Monsieur le maire, je viens vous prier de vouloir bien demander mon renvoi. »

Javert ajoute : « Monsieur le maire, il y a six semaines, après cette histoire pour Fantine, j'étais en colère, j'ai écrit une lettre contre vous. – Contre moi ! Et à qui ? – À la police, à Paris. »

M. Madeleine, qui ne rit pas beaucoup plus souvent que Javert, se met à rire. « Comme maire ayant donné des ordres à un policier ? – Comme ancien prisonnier. » Le maire devient blanc. Javert, qui n'a pas levé les yeux, continue : « Je l'ai cru longtemps. J'avais demandé à Faverolles. Et puis votre force,

---

1. Une plume : ce qui recouvre le corps des oiseaux ; autrefois, on utilisait des plumes pour écrire.
2. Manquer de respect : être impoli avec quelqu'un de plus important que soi.
3. Le fait : ce qui s'est passé.

la voiture du vieux Fauchelevent, votre adresse... Enfin je vous croyais un nommé Jean Valjean.

– Un nommé ?... Comment dites-vous ce nom-là ?

– Jean Valjean. C'est un prisonnier que j'ai connu il y a vingt ans quand j'étais chef de la prison de Toulon. En sortant de prison, ce Jean Valjean, dit-on, a volé chez un évêque, puis il a volé encore un enfant. Mais on l'a retrouvé. »

La feuille que tient M. Madeleine tombe de ses mains. Il regarde Javert et dit d'une curieuse[1] façon : « Ah ! »

Javert continue : « Voilà, monsieur le maire. Dernièrement[2], cet automne, un nommé Champmathieu est arrêté pour vol de pommes. Il a encore la branche de pommier à la main. On n'a pas de place à la prison qui est en réparation[3]. On l'envoie à Arras. Il y a là un ancien prisonnier, Brevet, qui s'écrie : « Eh ! Mais je connais cet homme-là. Il a été à la prison de Toulon. Il y a vingt ans. Nous y étions ensemble. Il s'appelle Jean Valjean. »

« Le Champmathieu dit encore que non... On cherche et voilà ce qu'on trouve : ce Champmathieu, il y a une trentaine d'années, a été coupeur d'arbres dans plusieurs régions, à Faverolles entre autres. Là, on ne sait plus ce qu'il devient. Ces gens-là, quand ce n'est pas de la terre, c'est de la poussière. On demande à Toulon. Avec Brevet, il y a encore deux prisonniers qui ont connu Jean Valjean. Ce sont les condamnés à vie Cochepaille et Chenildieu. On les fait venir. Pour eux, comme pour Brevet,

---

1. Curieux : ici, bizarre.
2. Dernièrement : il n'y a pas longtemps.
3. Être en réparation : être remis en bon état.

Champmathieu c'est Jean Valjean.

« C'est à ce moment-là que j'écris contre vous à Paris. On me répond que je ne sais pas ce que je dis et que Jean Valjean est en prison à Arras. J'écris à Arras. On me fait venir, on m'amène à Champmathieu. – Eh bien ? » coupe M. Madeleine. Javert répond avec son visage droit et triste : « Monsieur le maire, la vérité est la vérité. C'est cet homme-là qui est Jean Valjean. Moi aussi je l'ai reconnu. »

M. Madeleine reprend d'une voix très basse : « Vous êtes sûr ? » Javert se met à rire, de ce rire de l'homme qui n'a pas de doute[1] : « Oh ! bien sûr. Et même, maintenant, je ne comprends pas comment j'ai pu croire autre chose. Je vous demande pardon, monsieur le maire. »

M. Madeleine répond par cette question : « Et que

---

1. Ne pas avoir de doute : être tout à fait sûr de ce qu'on pense.

dit cet homme ? – Ah ! Dame ! Monsieur le maire, l'affaire est mauvaise. Sauter un mur, casser une branche, prendre des pommes, pour un enfant ce n'est pas important. Mais pour quelqu'un qui a déjà été condamné, c'est très sérieux. Ce n'est plus quelques jours de prison, c'est la condamnation à vie. Et puis, il y a l'affaire de l'enfant. J'espère bien qu'elle reviendra. Oh ! Un autre que Jean Valjean se défendrait; mais pas lui. Lui, il fait semblant de ne pas comprendre. Il dit : « Je suis Champmathieu, je ne sors pas de là ! » Oh ! cet homme est intelligent. Mais il n'y a rien à faire. Il est reconnu par quatre personnes ; il sera condamné. Je vais à Arras. »

M. Madeleine s'est rassis[1] à son bureau, a repris ses papiers. Il les regarde tranquillement, lisant et écrivant tour à tour comme un homme très occupé. Il se tourne vers Javert. « Assez, Javert. Tout ce que vous dites m'intéresse peu. Nous perdons notre temps, et nous avons des affaires pressées. Demain, vous irez...

– Mais je croyais avoir dit à monsieur le maire que l'affaire se jugeait* demain et que je partais cette nuit. »

M. Madeleine fait un léger mouvement. « Et pour combien de temps ?

– Un jour au plus. Le jugement* aura lieu au plus tard demain dans la nuit. Je reviendrai tout de suite ici.

– C'est bon », dit Madeleine.

---

1. Se rasseoir : s'asseoir de nouveau.

$\mathcal{M}$aître Scaufflaire

Dans l'après-midi qui suit, M. Madeleine va voir Fantine. Celle-ci l'attend comme chaque jour. Elle a beaucoup de fièvre. Elle lui demande : « Et Cosette ? » Il répond en souriant : « Bientôt. »

Il parle comme d'habitude. Il demande à tout le monde que la malade ne manque de rien[1]. Mais il reste une heure au lieu d'une demi-heure.

Puis il rentre à la mairie et le garçon de bureau le voit étudier une carte des routes de France qui se trouve près de l'entrée. Il écrit quelques chiffres au crayon sur un papier.

De la mairie, il se rend[2] chez un homme, Maître Scaufflaire, qui loue[3] des chevaux et des voitures. « Maître Scaufflaire, demande-t-il, avez-vous un bon cheval ? – Monsieur le maire, que voulez-vous dire par un bon cheval ? – Je veux dire un cheval qui puisse faire quatre-vingts kilomètres en un jour. – Oh ! quatre-vingts kilomètres ! – Oui. – En tirant une voiture ? – Oui, et il faut qu'il puisse repartir au besoin[4]. – Pour refaire quatre-vingts kilomètres ? – Oui. – Dieu ! quatre-vingts kilomètres. »

M. Madeleine tire de sa poche le papier où il a écrit des chiffres. Il les montre à Scaufflaire. Ce sont 20, 24 et 34. « Voyez, dit-il, 78 kilomètres, autant dire quatre-vingts. – Monsieur le maire, répond le com-

---

1. Ne manquer de rien : avoir tout ce qu'il faut.
2. Se rendre : aller quelque part.
3. Louer : ici, permettre de se servir de chevaux et de voitures contre un paiement.
4. Au besoin : si on doit faire cette chose.

merçant, j'ai votre affaire. Mon petit cheval blanc.
Vous avez dû le voir passer quelquefois. C'est une
petite bête, mais pleine de feu. On veut d'abord le
monter. Bah ! il jette tout le monde par terre. On ne
sait qu'en faire. Je l'achète. Je le mets à la voiture.
Monsieur, c'est cela qu'il voulait. Il est doux comme
une fille et il court aussi vite que le vent. Ah ! par
exemple, il ne faudrait pas lui monter sur le dos. Ce
n'est pas son idée. – Et il fera la course ? – Vos quatre-
vingts kilomètres sans s'arrêter et en moins de huit
heures. Mais voici comment : premièrement, vous
le ferez reposer une heure à moitié chemin. – On le
fera reposer. – Deuxièmement, il me faudra trente
francs par jour, les jours de repos payés. Pas un sou
de moins, et monsieur le maire paiera tout ce que le
cheval mangera. »

M. Madeleine tire trois pièces d'or de sa poche et
les met sur la table : « Voilà deux jours d'avance ».
« Troisièmement, pour une course pareille, il faudra
que monsieur le maire voyage dans une voiture très
légère que j'ai.

– D'accord. La voiture et le cheval devront être chez
moi demain matin », dit M. Madeleine en sortant.

L'homme appelle sa femme et lui raconte la chose.
« Où monsieur le maire peut-il aller ?

– Il va à Paris, dit la femme.

– Je ne crois pas », dit le mari.

M. Madeleine a oublié sur la table le papier avec
les chiffres. L'homme le prend et l'étudie. « Vingt,
vingt-quatre et trente-quatre, cela doit dire trois ar-
rêts. » Il se tourne vers sa femme : « J'ai trouvé.
– Comment ? – Il y a vingt kilomètres d'ici à Hesdin,
vingt-quatre de Hesdin à Saint-Pol, trente-quatre de
Saint-Pol à Arras. Il va à Arras. »

Cependant M. Madeleine rentre chez lui. Il éteint sa lumière à huit heures et demie. Vers minuit et demi, un employé de commerce qui habite au-dessous de la chambre de M. Madeleine entend à travers son sommeil un bruit de pas au-dessus de sa tête. Un moment après, on remue un meuble, il y a un silence, et le pas recommence. L'homme s'éveille tout à fait, regarde, et, à travers les vitres de sa fenêtre, il voit une lumière sur le mur d'en face. C'est celle d'un feu plutôt que celle d'une lampe. La fenêtre est ouverte sûrement. Quelle idée ! par ce froid ! L'homme se rendort. Une heure et demie après, il se réveille encore. Le même pas lent va et vient toujours au-dessus de sa tête. Une lumière brille. Cette fois-ci, c'est celle d'une lampe. La fenêtre est toujours ouverte.

*O*rage dans une tête

M. Madeleine est Jean Valjean. Après sa dernière rencontre avec Monseigneur Myriel, il a disparu, il a vendu l'argenterie de l'évêque, il est allé de ville en ville, il a traversé la France, il est arrivé à Montreuil-sur-Mer, il a eu l'idée que nous avons dite, il a fait ce que nous avons raconté et il vit dans les seules pensées de cacher son nom et de revenir à Dieu.

Mais, depuis que Javert est venu lui parler, quel orage en lui ! Il pourrait dire une seule chose ; c'est qu'il vient de recevoir un grand coup. Rentré dans sa chambre, il ferme sa porte à clef. Il éteint sa lumière.

Il met la tête dans ses mains et pense : « Où en suis-je ? Est-ce que je ne rêve pas ? Que m'a-t-on dit ? Est-il bien vrai que j'ai vu ce Javert et qu'il m'a parlé ainsi ? Qui peut être ce Champmathieu ? Il me ressemble[1] donc. Est-ce possible ? Quand je pense qu'hier j'étais si tranquille. Qu'est-ce que je faisais donc hier à pareille heure ? Qu'arrivera-t-il ? Que faire ? »

Sa tête est brûlante. Il va à la fenêtre et l'ouvre toute grande. Il n'y a pas d'étoiles au ciel. Il revient s'asseoir près de la table. La première heure s'écoule[2] ainsi. Puis il lui semble qu'il vient de s'éveiller.

Il rallume sa lampe... « Eh bien quoi ! se dit-il, de quoi est-ce que j'ai peur ? Me voilà sauvé. Tout est fini. Ce Javert qui me suivait partout, le voilà occupé ailleurs. Il tient[3] son Jean Valjean ! Et je n'y suis pour rien ! Après tout, s'il y a du malheur pour quelqu'un, ce n'est pas ma faute. Qu'est-ce qu'il me faut donc ? Personne ne pourra plus rien contre moi. C'est Dieu qui le veut. Et pourquoi Dieu le veut-il ? Pour que je continue ce que j'ai commencé, pour que je fasse le bien. C'est décidé, laissons aller les choses ! Laissons faire le bon Dieu ! »

Il se parle ainsi en lui-même à lui-même. Puis il se lève de sa chaise et se met à marcher dans la chambre. « Allons, dit-il, n'y pensons plus. C'est décidé ! » Mais il ne se sent aucune joie. Au contraire.

Au bout d'un moment, il a beau[4] faire, il reprend cette sombre[5] discussion. C'est lui qui parle et lui qui écoute. Il dit ce qu'il voudrait taire. Il écoute ce

---

1. Ressembler : être tout à fait comme quelqu'un.
2. S'écouler : quand le temps passe on dit qu'il s'écoule.
3. Tenir quelqu'un : être sûr de pouvoir attraper quelqu'un.
4. Avoir beau : faire des efforts sans résultat.
5. Sombre : ici, difficile et triste.

qu'il ne voudrait pas entendre. Fermer la porte à son passé ? Mais il ne la ferme pas, grand Dieu, il la rouvre en se conduisant mal ! Il redevient un voleur. Il vole à un autre sa paix, sa place au soleil[1] ! Il l'envoie en prison pour la vie ! Au contraire, sauver cet homme, redevenir par devoir Jean Valjean, c'est vraiment fermer à jamais le passé derrière lui.

« Eh bien, dit-il, décidons-nous ! Faisons notre devoir ! Sauvons cet homme ! » Il dit ces mots à haute voix, sans s'apercevoir[2] qu'il parle tout haut. Il met ses livres en ordre. Il écrit une lettre. Quelqu'un qui entrerait alors dans la chambre pourrait lire sur l'enveloppe : « À M. Laffitte, rue d'Artois, à Paris. »

Il prend l'argent qu'il a chez lui et son passeport[3]. Par moments ses lèvres remuent. Dans d'autres il relève la tête et regarde sans voir quelque point du mur. Il met la lettre de M. Laffitte dans sa poche, ainsi que l'argent et le passeport, et il recommence à marcher. Il a froid. Il allume un peu de feu. Il ne pense pas à fermer la fenêtre. Cependant, minuit sonne et il doit faire un effort pour se rappeler ce qu'il fait là debout entre un feu et une fenêtre ouverte.

Tout à coup il pense à Fantine et tout change autour de lui, en lui. Il s'écrie : « Ah ! çà ! Jusqu'ici j'ai pensé seulement à moi. Dois-je me taire ou parler ? Cacher mon corps ou sauver mon âme ? C'est moi, toujours moi, c'est seulement moi ! Si je pensais un peu aux autres ? Voyons. Moi effacé, moi oublié, qu'arrivera-t-il ? Champmathieu est libre, je suis prisonnier, c'est bien. Et puis ? Que se passe-t-il ici ? Ah ! ici, il y a un pays, une ville, des usines,

---

1. Sa place au soleil : la place qu'il doit occuper sur terre.
2. S'apercevoir : réaliser, se rendre compte.
3. Un passeport : petit carnet officiel dont on a besoin pour voyager.

des ouvriers, des hommes, des femmes, des vieux, des enfants, de pauvres gens ! J'ai fait vivre tout cela. Avant moi il n'y avait rien que des pauvres. J'ai relevé, enrichi[1] tout le pays. Moi de moins, et tout meurt. Et cette femme, cette Fantine ? Et cet enfant que je voulais aller chercher, que j'ai promis[2] à la mère ! Est-ce que je ne dois pas aussi quelque chose à cette femme pour le mal que je lui ai fait sans le savoir ? Si je disparais, la mère meurt, l'enfant devient ce qu'il peut. Voilà ce qui se passe si je parle. – Si je ne parle pas ? Voyons, si je ne parle pas ? »

Après s'être posé cette question, il s'arrête, il a comme un moment où la tête lui tourne ; mais bien vite il se reprend[3] et se répond : « Eh bien, cet homme va en prison, pour la vie, c'est vrai, et puis après ! Il a volé, après tout. Moi je reste ici, je continue. Dans dix ans j'aurai gagné dix millions ; je les donne, qu'est-ce que cela me fait ? Ce n'est pas pour moi que je travaille ! Les familles, cent familles, mille familles sont heureuses. Il naît des villages où il y a seulement des fermes. Il naît des fermes où il n'y a rien. La misère disparaît, et avec la misère disparaissent le vol et tous les maux[4] ! Et cette pauvre mère élève son enfant ! Et voilà tout un pays riche et heureux ! Ah ! çà, j'étais fou, qu'est-ce que je parlais de courir à Arras ? Et tout ça pour un vieux voleur de pommes, qui, sûrement, a fait bien d'autres fautes ! Pour sauver un homme, condamner de pauvres gens, des mères, des femmes, des enfants ! Cette pauvre petite Cosette qui est sans doute en ce

---

1. Enrichir : rendre plus riche.
2. Promettre : dire qu'on fera vraiment ce qu'on a dit qu'on ferait.
3. Se reprendre : changer ses pensées, redevenir fort.
4. Les maux : les malheurs qui peuvent arriver aux hommes.

moment toute bleue de froid chez ces Thénardier !
Ah ! Ceux-là ! Et je manquerais à mes devoirs[1] ! Pesons
bien le tout ! »

Il se lève, il se remet à parler. Cette fois il lui semble
qu'il est content. « Oui, pense-t-il, je suis dans le vrai.
J'ai trouvé ce que je dois faire. Je suis décidé.
Laissons faire. Ne reculons plus. Ceci est dans
l'intérêt[2] de tous. Je suis Madeleine, je reste
Madeleine. Malheur à celui qui est Jean Valjean ! Ce
n'est plus moi. Je ne connais pas cet homme. S'il se
trouve[3] que quelqu'un est Jean Valjean à cette heure,
cela ne me regarde pas ! »

Il se voit dans la glace qui est sur la cheminée et
dit : « Tiens ! Me décider m'a fait du bien. Je suis
tout autre maintenant. » Il fait encore quelques pas,
puis il s'arrête. Il lui semble qu'il entend une voix
qui crie au dedans de lui : « Jean Valjean ! Jean
Valjean ! Oui ! c'est cela, finis ! Finis ce que tu fais !
Va, c'est bien. Sois content ! Reste M. le maire.
Continue à être aimé. Enrichis la ville. Élève des
enfants. Et pendant ce temps-là, pendant que tu seras
ici, heureux, il y aura quelqu'un qui aura la veste
rouge des prisonniers, qui portera ton nom, qui tirera
ta chaîne en prison ! Oui, c'est bien arrangé ainsi !
Ah ! Misérable[4] ! »

Alors il reprend la marche qui fait rêver et qui
réveille tour à tour l'homme endormi au-dessous de
lui. Le désespoir[5] le prend à l'idée de tout ce qu'il
faudrait quitter, de tout ce qu'il faudrait reprendre.
Il n'ira plus se promener dans les champs. Il

---

1. Manquer à ses devoirs : ne pas faire ce qu'on doit faire.
2. L'intérêt de quelqu'un : ce qui est bien pour lui.
3. Il se trouve que… : le hasard fait que…
4. Un misérable : un méchant homme.
5. Le désespoir : la très grande tristesse.

n'entendra plus chanter les oiseaux au mois de mai.
Il ne mettra plus de sourire aux lèvres des enfants.
Il quittera cette maison, cette chambre, cette petite
chambre où tout lui paraît beau à cette heure. Il ne
lira plus dans ses livres. Il n'écrira plus sur cette table
en bois blanc ! Sa vieille servante ne lui montera plus
son café le matin. Grand Dieu ! Au lieu de cela la
veste rouge, la chaîne au pied, la fatigue, les coups,
le lit de bois, toutes ces choses terribles qu'il a
connues. Si encore il était jeune ! Mais, vieux, avoir
les pieds nus dans des souliers ferrés[1] !

Faut-il sauver Champmathieu ? Faut-il se taire ? Il
ne voit toujours pas clair[2] en lui.

---

1. Ferré : avec du fer dessous.
2. Il ne voit pas clair en lui : il ne sait pas ce qu'il veut ni ce qu'il doit
faire.

Pendant le sommeil

Trois heures du matin viennent de sonner, et il y a cinq heures que M. Madeleine marche ainsi, presque sans arrêt. Enfin il se laisse tomber sur une chaise. Il s'endort.

Il se réveille. Un vent froid fait crier la fenêtre restée ouverte. Le feu s'est éteint. La lampe baisse. Il fait encore nuit noire.

Il se lève, il va à la fenêtre. Il n'y a toujours pas d'étoiles au ciel... De sa fenêtre, on voit la cour de la maison et la rue. Un bruit sec et dur qui sonne tout à coup sur le sol lui fait baisser les yeux.

Un deuxième bruit le réveille tout à fait, il regarde et reconnaît les lumières d'une petite voiture. Le cheval est blanc. Les bruits qu'il a entendus, ce sont les coups de sabots[1] du cheval sur les pierres. « Qu'est-ce que c'est que cette voiture ? se dit-il. Qui est-ce qui vient si tôt ? »

À ce moment on frappe un petit coup à la porte de sa chambre. La peur le prend. Il crie : « Qui est là ? Qu'est-ce que c'est ? – Monsieur le maire, il est cinq heures du matin. – Qu'est-ce que cela me fait ? – Monsieur le maire, c'est la voiture. – Quelle voiture ? – La petite voiture. – Quelle petite voiture ? – Est-ce que monsieur le maire n'a pas fait demander une petite voiture ? – Non, dit-il. – L'homme qui l'amène dit qu'il vient chercher monsieur le maire. – Quel homme ? – L'homme de M. Scaufflaire. – M. Scaufflaire ? »

---

1. Les sabots : partie dure aux pieds de certains animaux : cheval, vache...

Ce nom lui fait peur comme si un éclair était passé devant ses yeux. « Ah ! oui, répond-il. M. Scaufflaire. » Il se fait un assez long silence. M. Madeleine regarde sans la voir la lumière de sa lampe… La voix reprend : « Monsieur le maire, que faut-il répondre ? – Dites que c'est bien, et que je descends. »

*B*âtons dans les roues[1]

Cette nuit-là, une voiture des postes accroche[2], à l'entrée de Montreuil-sur-Mer, une plus petite voiture que tire un cheval blanc. Un homme enveloppé d'un manteau conduit. La roue de la petite voiture reçoit un coup. Le courrier[3] crie à l'homme de s'arrêter, mais le voyageur n'écoute pas, et continue sa route.

Où va M. Madeleine ? Il ne peut pas le dire. Pourquoi court-il si vite ? Il ne le sait pas. Il va droit devant lui. Où ? À Arras sans doute ; mais il va peut-être ailleurs aussi. Quelque chose le pousse en avant.

Pourquoi va-t-il à Arras ? Il se répète ce qu'il s'est déjà dit en allant chez Scaufflaire : il vaut mieux qu'il sache ce qui se passe. On ne peut pas décider sans savoir. Quand il aura vu ce Champmathieu, quelque misérable, il sera peut-être content de le laisser aller en prison à sa place. Il y aura là Javert et ce Brevet, ce Chenildieu, ce Cochepaille, anciens prisonniers qui l'ont connu, mais sûrement qui ne le reconnaî-

---

1. Mettre des bâtons dans les roues de quelqu'un : expression qui veut dire essayer de l'empêcher de réussir ce qu'il veut faire.
2. Accrocher : ici, rentrer dedans, toucher.
3. Un courrier : ici, la personne qui conduit la voiture des postes.

tront pas. Il n'y a aucun danger. Au fond, pour tout dire, il aimerait mieux ne pas aller à Arras. Cependant il y va.

Il fait grand jour quand il arrive à Hesdin. Il s'arrête devant un hôtel pour laisser reposer le cheval et lui donner à manger. La bête a fait vingt kilomètres en deux heures. Elle n'est même pas mouillée[1]. Il ne descend pas de la voiture.

Le garçon qui apporte à manger au cheval se baisse tout à coup et regarde la roue gauche. « Allez-vous loin comme cela ? » demande-t-il. Puis il se penche de nouveau, reste un moment silencieux en regardant la roue, se relève et dit : « Voilà une roue qui ne fera pas un kilomètre de plus. – Que dites-vous là, mon ami ? – Je dis que vous avez de la chance de ne pas avoir roulé, vous et votre cheval, dans quelque fossé[2] de la grande route. Regardez plutôt. »

M. Madeleine regarde et voit que l'homme a raison. « Mon ami, dit-il au garçon, y a-t-il quelqu'un ici qui puisse réparer cette roue ? – Sans doute, monsieur. – Rendez-moi le service[3] d'aller le chercher. – Il est là à deux pas. Hé ! maître Bourgaillard ! »

Maître Bourgaillard est sur le devant de sa porte. Il vient regarder la roue. « Pouvez-vous réparer cette roue ? – Oui, monsieur. – Quand pourrai-je repartir ? – Demain. – Il faut que je reparte dans une heure au plus tard. Je paierai tout ce qu'on voudra. – Impossible pour aujourd'hui. Il faut refaire toute une partie de la roue. – Est-ce que vous n'auriez pas une roue à me vendre ? Je pourrais repartir tout de suite. – Je n'ai pas une roue toute faite pour votre

---

1. Mouillé : ici, le cheval n'est pas couvert de sueur.
2. Un fossé : trou long et étroit des deux côtés d'une route.
3. Rendre un service : faire quelque chose pour aider quelqu'un.

voiture. Deux roues ne vont pas ensemble comme on veut. – Alors vendez-moi deux roues. – Monsieur, toutes les roues ne vont pas à toutes les voitures. Je n'ai pas de roue qui aille à cette voiture et il n'y en a pas dans ce petit village. – Y aurait-il une voiture à me louer ou à me vendre ? – Je n'en ai pas. – Alors, j'irai à cheval. – Mais ce cheval se laisse-t-il monter ? – C'est vrai, vous m'y faites penser. On ne peut pas le monter. Mais je trouverai bien dans le village un cheval à louer ?

– Un cheval pour aller à Arras, dans la journée ? Il faudrait l'acheter d'abord, car on ne vous connaît pas. Mais à vendre ou à louer, pour cinq cents francs, ou pour mille, vous ne le trouveriez pas ! – Y a-t-il un loueur[1] de voitures ? – Non. »

M. Madeleine sent une grande joie. Il vient de faire tous les efforts possibles pour continuer son voyage. S'il ne va pas plus loin, ce n'est plus sa faute. C'est celle de Dieu. Il respire. Il respire librement et à pleine poitrine pour la première fois depuis que Javert est venu lui parler.

Si M. Madeleine avait parlé dans la cour de l'hôtel, les choses en seraient restées là[2] ; mais à l'entrée d'un hôtel, dans une rue, il y a toujours des gens qui écoutent. Une vieille femme lui dit : « Monsieur, vous voulez louer une voiture ? – Oui. » Et il ajoute rapidement : « Mais il n'y en a pas dans le pays. – Si, dit la vieille, chez moi. » La vieille a en effet une sorte de très vieille voiture, mais cette voiture roule sur deux roues et peut aller à Arras. M. Madeleine paie ce qu'on veut, monte et reprend la route qu'il suit depuis le matin.

---

1. Un loueur de voitures : personne dont le métier est de louer les voitures.
2. Les choses en seraient restées là : rien de plus ne serait arrivé.

Il a perdu beaucoup de temps à Hesdin. Le petit cheval est courageux et tire comme deux ; mais on est au mois de février, il a plu, les routes sont mauvaises. Et puis ce n'est plus la légère voiture de Scaufflaire. Il faut plus de quatre heures pour aller d'Hesdin à Saint-Pol. Quatre heures pour vingt kilomètres !

À Saint-Pol, il s'arrête au premier hôtel venu, et fait donner à manger au cheval. Une heure après, il quitte Saint-Pol. Il ne s'arrête pas à Tinques. Mais comme il en sort, un ouvrier qui empierre[1] la route lève la tête, regarde le cheval et dit : « Vous ne savez donc pas que la route est en réparation ? Vous allez la trouver coupée[2] à un kilomètre d'ici. – Vraiment ? – Tenez, monsieur, voulez-vous que je vous donne un conseil ? Votre cheval est fatigué, rentrez dans Tinques. Il y a un bon hôtel. Couchez-y. Vous irez demain à Arras. – Il faut que j'y sois ce soir. – Alors, allez tout de même à cet hôtel, prenez un autre cheval et faites-vous montrer le chemin. »

Il suit le conseil[3] qui lui est donné, va à l'hôtel, et, une demi-heure après, repart avec un deuxième cheval... Il fait tout à fait nuit. Les chemins sont très mauvais. La voiture saute d'un trou dans l'autre. La plaine est sombre. Des brouillards[4] bas et noirs passent sur les bois comme des fumées. Un grand vent qui vient de la mer fait un bruit de meubles remués. M. Madeleine a froid. Il n'a pas mangé depuis la veille.

---

1. Empierrer : mettre des pierres.
2. Une route coupée : une route barrée par quelque chose.
3. Suivre un conseil : faire ce qu'on nous a dit qu'il serait bien de faire.
4. Le brouillard : sorte de nuage très bas, qui touche la terre et qui empêche de bien voir.

En ce moment, il se rend compte pour la première fois que toute la peine qu'il prend est peut-être inutile ; qu'il ne sait même pas l'heure du jugement ; qu'il aurait dû au moins la demander ; qu'il est fou d'aller ainsi devant soi sans savoir si cela servira à quelque chose. Les tribunaux* ouvrent d'habitude à neuf heures du matin. Il va arriver quand tout sera fini.

Fantine peut-elle guérir ?

À l'hôpital, Fantine parle à la sœur*. Elle dit : « Ma bonne sœur, voyez-vous, je suis très contente. M. Madeleine est bon ; il est allé me chercher ma petite Cosette à Montfermeil. Ma sœur, ne me faites pas signe de ne pas parler. Je suis très heureuse. Je vais très bien. Je n'ai plus mal du tout. Je vais revoir Cosette. Il y a cinq ans que je ne l'ai vue. Et puis elle sera si gentille, vous verrez ! Elle doit être grande maintenant. Sept ans ! C'est une demoiselle maintenant. Mon Dieu ! Comme on a tort d'être des années sans voir ses enfants ! Oh ! Comme il est bon d'être parti, M. le maire. Il sera ici demain, avec Cosette. Je verrai Cosette demain ! Vous voyez, ma bonne sœur, je ne suis plus malade. Je danserais, si on voulait. »

Entre sept et huit heures, le médecin vient. Il entre doucement et avance vers le lit. Il voit de grands yeux sombres qui le regardent. « Donnez-moi votre main », dit-il. Elle tend son bras, et s'écrie : « Ah ! Tiens ! C'est vrai, vous ne savez pas ! Je suis guérie. Cosette arrive demain. » Le médecin s'étonne. Sa malade va mieux. La fièvre est tombée[1]. Une sorte de vie est revenue dans ce corps à bout de force.

Le médecin, en s'en allant, dit à la sœur : « Cela va mieux. Si M. le maire arrivait demain avec l'enfant, qui sait ? Il y a des choses si étonnantes, on a vu de grandes joies arrêter des maladies. Je sais bien que cette maladie est très sérieuse ; mais nous la sauverons peut-être. »

Le voyageur arrive et repart

Il est près de huit heures du soir, quand la voiture que nous avons laissée en route, entre sous la porte de l'hôtel à Arras. L'homme que nous avons suivi jusqu'à ce moment descend. Il a mis quatorze heures pour arriver, au lieu de huit heures. Ce n'est pas de sa faute. Il est content.

Il sort de l'hôtel et marche dans la ville. Il ne connaît pas Arras, les rues sont noires. Il va droit devant lui. Un homme avance, une lampe à la main. Il décide de lui parler. « Monsieur, dit-il, le tribunal, s'il vous plaît ? – Vous n'êtes pas de la ville, monsieur, répond l'homme ; eh bien, suivez-moi. Je vais moi-même de ce côté. »

Chemin faisant[2], l'homme dit : « Monsieur arrive bien tard. D'habitude tout est fini à six heures. » Cependant, comme ils entrent sur la grande place, il montre quatre longues fenêtres éclairées. « Ah ! çà, monsieur, vous arrivez à temps, vous avez du

1. La fièvre est tombée : elle n'a plus de fièvre.
2. Chemin faisant : pendant qu'ils marchaient, en route.

bonheur. Voyez-vous ces quatre fenêtres ? C'est là que se tiennent les juges. Il y a de la lumière. Donc, ce n'est pas fini. Tenez, monsieur, voici la porte. Montez le grand escalier. »

C'est ce qu'il fait, et, quelques minutes après, il est dans une grande salle où il y a beaucoup de monde, et où, par groupes, des gens, mêlés[1] à des avocats* en robe*, parlent à voix basse. Cette salle est éclairée d'une seule lampe. Une porte la sépare[2] de la grande chambre où se rend* la justice.

Il se mêle à un groupe et il écoute ce qu'on dit. Il y a de nombreuses affaires à juger. Le président veut en finir aujourd'hui avec les deux premières. La première est jugée. Maintenant, passe la deuxième, celle d'un vieux. Il a volé des pommes, croit-on, et ce qui est sûr c'est qu'il a déjà été à la prison de Toulon. Il y a encore à entendre les avocats. Cela ne devrait pas finir avant minuit. L'homme devrait être condamné.

Quelqu'un se tient devant la grande porte. M. Madeleine lui demande :

« Monsieur, la porte va-t-elle bientôt s'ouvrir ?

– Elle ne s'ouvrira pas, lui répond-on.

– Comment !

– La salle est pleine.

– Quoi ! Il n'y a plus une place ?

– Il y a bien encore deux ou trois places derrière M. le président*, mais pour des gens importants. »

Cela dit, on lui tourne le dos.

Il se retire[3], il traverse la salle et redescend l'escalier lentement. Il tient conseil[4] avec lui-même. Il ne sait toujours que faire... Il s'arrête, ouvre son manteau,

---

1. Mêler : mélanger.
2. Séparer : être entre deux lieux, deux choses.
3. Se retirer : partir.
4. Tenir conseil : se réunir et discuter pour décider quoi faire.

en tire un crayon, déchire une feuille, et écrit rapidement : « M. Madeleine, maire de Montreuil-sur-Mer. » Puis il remonte l'escalier à grands pas, marche droit vers la porte de la deuxième salle, remet le papier à l'homme qui la garde et lui dit : « Portez ce papier à M. le président. »

L'homme prend le papier, y jette un coup d'œil[1] et obéit.

*E*ntrée de M. Madeleine

M. Madeleine est connu de très loin. Comme tout le monde, le président du tribunal d'Arras connaît son nom. Quand on lui remet la feuille de papier où est écrit la ligne qu'on vient de lire, en ajoutant : « Ce monsieur voudrait entrer », il prend une plume, écrit quelques mots au bas du papier, et le rend à l'homme qui l'a apporté en lui disant : « Faites entrer ».

Notre malheureux M. Madeleine est resté près de la porte, à la place même où l'homme l'a quitté. Il entend, à travers sa rêverie[2], quelqu'un qui lui dit : « Monsieur veut-il bien me suivre ? » C'est la même personne qui lui a tourné le dos le moment d'avant et qui maintenant le salue jusqu'à terre. Sur le papier qui lui est donné, M. Madeleine lit : « Le président sera heureux que M. Madeleine entre. »

Il écrase le papier entre ses mains et suit l'homme. On le laisse dans une petite pièce éclairée par deux lampes. Il a encore dans l'oreille les paroles de

---

1. Jeter un coup d'œil : regarder rapidement.
2. Une rêverie : les rêves qu'on fait tout éveillé.

l'homme qui vient de le quitter : « Monsieur, vous voici dans la chambre des juges, tournez le bouton de cette porte, et vous vous trouverez derrière M. le président. »

Il ne le peut pas. Il est dans l'endroit même où on va condamner. Il regarde cette chambre où on a jugé tant de gens, où son nom va être dit tout à l'heure, et qu'il traverse en ce moment.

Il n'a pas mangé depuis plus de vingt-quatre heures. Il est fatigué par la voiture, mais il ne le sent pas. Il pense à Fantine et à Cosette... Tout en rêvant, il se retourne et ses yeux rencontrent le bouton de la porte. Il a presque oublié cette porte. Son regard s'y arrête, reste attaché à ce bouton, puis la peur le prend. Il ressort.

Il s'arrête et écoute encore. C'est toujours le même silence et la même ombre autour de lui. Il pose la main sur un mur. La pierre est froide. Lui-même a froid. Alors, là, seul, debout, dans l'ombre, dans le froid, il pense... Il a pensé toute la nuit, il a pensé toute la journée, il n'entend plus en lui qu'une voix qui dit : « Malheureusement ! »

Un quart d'heure passe ainsi. Enfin, il penche la tête, laisse pendre[1] ses bras, et revient sur ses pas[2]. Il va lentement. Il semble que quelqu'un l'a blessé et le ramène. Il rentre dans la chambre des juges. La première chose qu'il aperçoit, c'est le bouton de la porte. Ses yeux ne peuvent le quitter. Tout à coup, sans qu'il sache comment, il se trouve près de la porte. Il prend le bouton. La porte s'ouvre. Il est dans la salle.

---

1. Pendre : ici, descendre le long du corps.
2. Revenir sur ses pas : revenir là où l'on était.

Derrière le président

Il fait un pas, referme sans y faire attention la porte derrière lui, et reste debout. Il voit une grande salle triste. À un bout de la salle, celui où il se trouve, des juges portant des robes usées ont l'air de penser à autre chose ou ferment les yeux. À l'autre bout, il y a des gens mal habillés, des avocats qui remuent, des soldats au visage dur, un plafond sale, des tables couvertes d'un drap jauni, des portes noircies par les mains, de mauvaises lampes qui fument.

Personne ne fait attention à lui. Tous les regards sont tendus vers un seul point, un banc de bois contre une petite porte, le long du mur, à gauche du président. Sur ce banc, mal éclairé, un homme est assis entre deux gendarmes. Il croit se voir lui-même, vieilli, non pas sans doute pareil de visage, mais tout pareil de corps, avec quelque chose de dur dans les yeux.

Au bruit de la porte, on se range pour lui faire place. Le président tourne la tête. Il comprend que la personne qui vient d'entrer est M. le maire de Montreuil-sur-Mer. Il le salue. L'avocat du ministère, qui a rencontré M. Madeleine à Montreuil-sur-Mer où il a été plus d'une fois, le reconnaît et salue aussi. Lui s'en aperçoit à peine. Il regarde...

Des juges, un homme qui écrit, des gendarmes, beaucoup de têtes curieuses[1], il a déjà vu cela une fois, autrefois, il y a vingt-sept ans. Ces choses qui portent le malheur, il les retrouve ; elles sont là ; ce

---

1. Des têtes curieuses : ici, des gens qui veulent savoir ce qui se passe.

sont de vrais gendarmes et de vrais juges, de vrais hommes. Il voit reparaître et revivre autour de lui, terrible, son passé. Il ferme les yeux, et s'écrie au plus profond de son âme : « Jamais ! »

Une chaise est derrière lui ; il s'y laisse tomber. Quand il est assis, un tas de livres et de papiers qui est sur le bureau des juges, cache son visage aux gens qui sont dans la salle. Il voit maintenant sans être vu. Il cherche Javert, mais il ne le voit pas. Le policier est peut-être caché par une table, et puis, nous venons de le dire, la salle est à peine éclairée. M. Bamatabois est dans la salle, du côté des juges.

Au moment où il entre, l'affaire a commencé il y a trois heures et, depuis trois heures, on voit plier peu à peu sous un poids terrible un homme, un inconnu, une sorte d'être misérable. « Nous ne tenons pas seulement un voleur de fruits, dit l'avocat général, nous tenons là un ancien prisonnier, un homme dangereux appelé Jean Valjean. La justice le cherche depuis longtemps. Il y a huit ans, en sortant de la prison de Toulon, il a volé. Il vient de recommencer. Condamnez-le pour le fait nouveau ; il sera jugé pour le fait ancien. »

À ces paroles, l'homme paraît surtout étonné. Il fait des mouvements qui veulent dire non, ou bien il regarde le plafond. Il parle avec peine, répond avec difficulté ; mais de la tête aux pieds, toute sa personne dit non. Il est comme un animal au milieu de ces gens qui l'ont pris[1]. Le danger avance sur lui, et de plus en plus, de minute en minute. En plus de la prison, la peine de mort* paraît possible si on montre plus tard qu'il est Jean Valjean et qu'il a encore volé.

Son avocat parle assez bien. Il commence par expliquer le vol de pommes. Son client, qu'il continue à appeler Champmathieu, n'a été vu de personne sautant le mur ou cassant la branche. « On l'a arrêté portant cette branche, mais il dit l'avoir trouvée à terre et ramassée. Sans doute cette branche a été jetée là. Sans doute il y a un voleur. Mais qui pourrait dire que ce voleur est Champmathieu ? » L'avocat reconnaît que Champmathieu a vécu à Faverolles, qu'il y a travaillé, que quatre personnes le reconnaissent pour être l'ancien prisonnier Jean Valjean ; mais cela veut-il dire qu'il a volé des pommes ?

L'avocat général* répond. Pendant que cet homme parle, Champmathieu écoute, la bouche ouverte, avec une sorte d'étonnement. De temps en temps il remue lentement la tête de droite à gauche et de gauche à droite pour dire qu'il n'est pas d'accord. C'est tout.

L'avocat finit en demandant une condamnation très dure. C'est pour le moment les travaux forcés* à vie.

---

1. Être pris : être attrapé et ne pas pouvoir se sauver.

Le défenseur* se lève de nouveau, commence par remercier « monsieur l'avocat général des choses qu'il a si bien dites », puis répond comme il peut, mais il faiblit.

Regardez-moi

Alors le président fait lever Champmathieu et lui pose la question habituelle : « Avez-vous quelque chose à ajouter à votre défense ? »

L'homme, debout, roule dans ses mains un vieux chapeau sale et semble ne pas entendre. Le président répète la question. Cette fois l'homme entend. Il paraît comprendre. Il promène ses yeux autour de lui, regarde les gens qui l'entourent, les gendarmes, son avocat, les juges, pose son gros poing sur le bord du meuble placé devant son banc, regarde encore et, tout à coup, le regard sur l'avocat général, il se met à parler. Il semble qu'il veut tout dire à la fois.

« J'ai à dire ça. Que j'ai été voiturier[1] à Paris, même que c'est chez M. Baloup. Ça vous use[2] vite un homme. À quarante ans, on est fini. Moi, j'en ai cinquante-trois. Avec ça j'ai ma fille qui lave à la rivière. Elle gagne un peu d'argent de son côté. À nous deux ça va. Elle a de la peine aussi. Toute la journée jusqu'à mi-corps, à la pluie, à la neige, avec le vent qui coupe la figure. Son mari la bat. Elle meurt. C'était une brave fille. Voilà. Je dis vrai. Vous pouvez

1. Un voiturier : personne dont le métier est de conduire une voiture tirée par des chevaux.
2. User : ici, vieillir.

demander. Que je suis bête ! Qui est-ce qui connaît le père Champmathieu ? Pourtant je vous dis que M. Baloup... Voyez chez M. Baloup. Après ça, je ne sais pas ce qu'on me veut. »

L'homme se tait, et reste debout. Il a dit ces choses d'une voix haute, rapide, dure. Il regarde autour de lui, et voyant qu'on rit, et ne comprenant pas, il se met à rire lui-même. Cela n'a rien de gai...

Le président, homme attentif[1] et bon, rappelle que « M. Baloup, son ancien patron d'après[2] Champmathieu, n'a pu être retrouvé ! » Puis, se tournant vers l'homme, il lui demande de s'expliquer clairement.

Champmathieu remue la tête de l'air d'un homme qui a bien compris et qui sait ce qu'il va répondre. Il ouvre la bouche, se tourne vers le président et dit : « D'abord... » Puis il regarde son chapeau, le plafond, et se tait.

« Faites attention, reprend l'avocat général. Vous ne répondez à rien de ce qu'on vous demande. Il est certain que vous êtes Jean Valjean, que vous avez volé des pommes dans un jardin. »

L'homme s'était assis. Il se lève tout d'un coup quand l'avocat général a fini, et s'écrie : « Vous êtes très méchant, vous ! Voilà ce que je voulais dire. Je n'ai rien volé. Je venais d'Ailly. J'ai trouvé une branche cassée par terre. J'ai ramassé la branche. C'est tout. Il y a trois mois que je suis en prison. On parle contre moi. On me dit : « Répondez ! Répondez donc ! » Je ne sais pas expliquer, moi. Je n'ai pas étudié. Je suis un pauvre homme. Voilà ce qu'on a tort de ne pas voir. Je n'ai pas volé. J'ai ramassé par terre

---

1. Attentif : quelqu'un qui comprend les autres et essaye de leur être utile.
2. D'après quelqu'un : si on croit ce que cette personne dit...

des choses qu'il y avait. Vous dites Jean Valjean ! Je ne connais pas cette personne-là. J'ai travaillé chez M. Baloup, boulevard de l'Hôpital. J'ai été à Faverolles. C'est vrai. Eh bien, est-ce qu'on ne peut pas avoir été à Faverolles sans avoir été en prison ? Je vous dis que je n'ai pas volé, et que je suis le père Champmathieu. Tout le reste, c'est des bêtises à la fin. Pourquoi êtes-vous tous contre moi ? »

L'avocat général était resté debout ; il s'adresse au président : « Monsieur le président, nous demandons que les condamnés Brevet, Cochepaille et Chenildieu soient appelés de nouveau. En attendant, je vais simplement rappeler ce que M. Javert a dit ici même. « Je connais très bien cet homme. Il ne s'appelle pas Champmathieu. C'est un ancien prisonnier. Il a volé depuis. Il a fait dix-neuf ans de travaux forcés pour vol. Je répète que je le reconnais. » Brevet, Chenildieu et Cochepaille sont appelés de nouveau. « Regardez bien cet homme, et dites-nous si vous le reconnaissez pour votre ancien camarade de prison à Toulon, Jean Valjean. » Brevet le regarde, puis répond : « Oui, monsieur le président. C'est moi qui l'ai reconnu le premier. Cet homme est Jean Valjean. Je le reconnais. Je suis sûr de moi. – Allez vous asseoir », dit le président. On fait entrer Chenildieu. Le président lui adresse à peu près les mêmes paroles qu'à Brevet. Chenildieu se met à rire. « Si je le reconnais ! nous avons été cinq ans attachés à la même chaîne. C'est pas gentil de ne pas me reconnaître, mon vieux[1]. – Allez vous asseoir », dit le président. Cochepaille est amené. « C'est Jean Valjean, et même on l'appelait Jean le cric, tant il était fort », dit-il.

---

1. Mon vieux : quand on parle à un ami, à quelqu'un qu'on connaît très bien on peut l'appeler « mon vieux ».

Il est sûr maintenant que l'homme est perdu[1]. À ce moment, tout à côté du président, on entend une voix : « Brevet, Chenildieu, Cochepaille, regardez de ce côté-ci. » Tous ceux qui entendent cette voix se sentent glacés[2], tant elle est triste et prenante. Un homme, assis derrière le président, vient de se lever. Il est debout au milieu de la salle. Le président, l'avocat général, M. Bamatabois, vingt personnes le reconnaissent et s'écrient à la fois : « M. Madeleine ! »

Champmathieu de plus en plus étonné

C'est bien lui. Une lampe éclaire son visage. Il tient son chapeau à la main. Il n'y a aucun désordre dans ses vêtements. Toutes les têtes sont tournées de son côté, mais la voix a été si pressante[3], l'homme paraît si tranquille, qu'au premier moment on ne comprend pas qui a pu jeter ce cri.

Le président et l'avocat général n'ont pas le temps de dire un mot. Les gendarmes n'ont pas le temps de faire un mouvement. L'homme que tous appellent encore M. Madeleine, s'est déjà avancé vers Cochepaille, Brevet et Chenildieu. « Vous ne me reconnaissez pas ? » dit-il.

Tous trois restent silencieux et répondent par un signe de tête que non. Cochepaille salue.

---

1. Perdu : ici, on ne peut plus rien faire pour lui, il va être condamné.
2. Ils se sentent glacés : ils sentent qu'ils ne peuvent plus bouger comme lorsqu'il fait très froid.
3. Une voix pressante : une voix qui montre qu'elle veut être entendue tout de suite.

M. Madeleine se tourne alors vers le président et dit d'une voix douce : « Monsieur le président, rendez la liberté à Champmathieu et faites-moi arrêter. L'homme que vous cherchez, ce n'est pas lui, c'est moi. Je suis Jean Valjean... »

Un silence lourd pèse de nouveau. On sent dans la salle cette sorte de peur qui prend les hommes quand quelque chose de grand se fait.

Le président, qui a un visage bon et triste, se penche vers l'avocat général. Il lui dit quelques mots.

Puis il demande d'une voix douce qui est comprise de tous : « Y a-t-il un médecin ici ? »

L'avocat général prend la parole : « Messieurs, vous connaissez tous, au moins de nom, M. Madeleine, maire de Montreuil-sur-Mer. S'il y a un médecin parmi vous, nous lui demandons avec M. le président de bien vouloir emmener M. Madeleine et de le reconduire chez lui. »

M. Madeleine ne laisse pas finir l'avocat général. Voici ses paroles, telles qu'elles sont encore dans l'oreille de ceux qui les ont entendues : « Je vous remercie, monsieur l'avocat général, mais je ne suis pas fou. Vous allez voir. Vous étiez sur le point de vous tromper. Laissez aller cet homme. Je suis Jean Valjean, ce malheureux condamné. Je dis la vérité. Vous pouvez m'arrêter, me voilà... Je me suis caché sous un faux nom ; je suis devenu riche ; je suis devenu maire ; j'ai voulu rentrer parmi les bonnes gens. Il paraît que cela ne se peut pas... J'ai volé M. l'évêque, c'est vrai. J'ai volé un enfant encore, c'est vrai. Je n'ai plus rien à ajouter. Arrêtez-moi. Mon Dieu ! Monsieur l'avocat général, vous ne me croyez pas ! Voilà qui est triste. N'allez pas condamner cet homme au moins ! Quoi ! Ceux-ci ne me reconnaissent pas ! Je voudrais que Javert soit ici. Il me reconnaîtrait, lui ! »

Rien ne peut rendre[1] la sombre tristesse des paroles de M. Madeleine... Il se tourne vers les trois prisonniers.

« Eh bien, je vous reconnais, moi. Brevet, vous rappelez-vous... » Il s'arrête un moment et dit :

« Te rappelles-tu ce pantalon brun et jaune que tu avais en 1798 ? Je n'en ai jamais vu de pareil. »

Brevet le regarde comme s'il avait peur. Lui continue :

« Chenildieu, tu as toute l'épaule droite brûlée profondément. Tu as voulu faire disparaître les trois lettres T. F. P. qu'on y voit toujours cependant. Réponds, est-ce vrai ?

– C'est vrai », dit Chenildieu.

Il s'adresse à Cochepaille :

---

1. Rendre : ici, décrire.

« Cochepaille, tu as écrit sur le bras gauche, en lettres bleues : 1er mars 1815. Relève ta chemise. »

Cochepaille relève sa chemise. Tous se penchent. Un gendarme apporte une lampe. On lit encore « mars 1815 ».

Le malheureux homme regarde les juges avec un sourire, le sourire de la joie et du désespoir à la fois. « Vous voyez bien, dit-il, je suis Jean Valjean. »

Il n'y a plus, dans cette salle, ni juges ni gendarmes. Personne ne se rappelle plus ce qu'il devrait faire ; le président oublie qu'il doit présider, le défenseur qu'il est là pour défendre. Chose frappante[1], aucune question n'est faite. Il est sûr que l'on a sous les yeux Jean Valjean. Tous ont compris tout de suite cette simple et belle histoire d'un homme qui prend la place d'un autre pour que celui-ci ne soit pas condamné.

« Je ne vais pas déranger[2] plus longtemps, reprend Jean Valjean. Je m'en vais si on ne m'arrête pas. J'ai plusieurs choses à faire. Monsieur l'avocat général sait qui je suis ; il sait où je vais. Il me fera arrêter quand il voudra. »

Il marche vers la porte. Pas une voix ne se fait entendre, pas un bras ne se tend pour l'empêcher de sortir. Il traverse la salle à pas lents. On n'a jamais su qui a ouvert la porte, mais il est certain qu'elle se trouve ouverte quand il y arrive. Là, il se retourne et dit : « Vous tous, tous ceux qui êtes ici, vous me plaignez[3], n'est-ce pas ? Mon Dieu ! Quand je pense à ce que j'ai été sur le point de faire, je trouve que vous pouvez m'envier[4]. »

---

1. Frappant : très étonnant.
2. Déranger : gêner, ennuyer.
3. Plaindre quelqu'un : être très triste pour lui car il lui arrive des malheurs.
4. Envier quelqu'un : trouver qu'il a de la chance, vouloir être à sa place.

Il sort, et la porte se referme comme elle a été ouverte, car ceux qui font certaines grandes choses sont toujours sûrs d'être servis par quelqu'un dans le peuple.

Moins d'une heure après, le nommé Champmathieu est libre. Il sort, croyant tous les hommes fous et ne comprenant rien à toute cette histoire.

M. Madeleine regarde ses cheveux

Le jour se lève. Fantine a eu une nuit de fièvre, pleine d'ailleurs d'images heureuses. Au matin, elle s'endort. La sœur qui a passé la nuit près de son lit est depuis un moment dans l'infirmerie quand tout à coup elle tourne la tête et pousse un léger cri. M. Madeleine est devant elle. Il vient d'entrer silencieusement. « C'est vous, monsieur le maire ! » s'écrie-t-elle.

Il répond à voix basse. « Comment va cette pauvre femme ? – Pas mal en ce moment. Mais cela a été bien mal hier ! » Elle lui explique ce qui s'est passé et que Fantine maintenant va mieux parce qu'elle croit que M. le maire est allé chercher son enfant à Montfermeil. La sœur n'ose pas poser de question à M. le maire, mais elle voit bien à son air que ce n'est pas de là qu'il vient.

Le plein jour s'est fait dans la chambre. Il éclaire en face le visage de M. Madeleine. La sœur lève les yeux. « Mon Dieu, monsieur ! s'écrie-t-elle, que vous est-il donc arrivé ? Vos cheveux sont tout blancs ! – Blancs ! » dit-il. Il dit cela comme s'il pensait à autre chose et comme si le fait n'était pas important. Puis il demande : « Puis-je la voir ? – Est-ce que monsieur le maire ne lui fera pas revenir son enfant ? dit la sœur, osant à peine poser une question. – Sans doute, mais il faut au moins deux ou trois jours. »

M. Madeleine entre, Fantine n'a ni un mouvement d'étonnement, ni un mouvement de joie ; elle est la joie même. Cette simple question « Et Cosette ? » est faite tout naturellement, sans aucun doute. Elle continue : « Je savais que vous étiez là. Je dormais, mais je vous voyais. Il y a longtemps que je vous vois. Je vous ai suivi toute la nuit. Mais, reprend-elle, dites-moi où est Cosette ? Pourquoi ne pas l'avoir mise sur mon lit ? »

M. Madeleine s'est assis sur une chaise à côté du lit. Elle se tourne vers lui ; elle fait un effort pour paraître tranquille ; cependant, elle ne peut s'empêcher de poser mille questions. Il lui prend la main. « Cosette est belle, mais tenez-vous tranquille. Vous parlez trop, trop vite, et puis vous sortez vos bras du lit, et cela vous fait tousser... » Elle se met à compter sur ses doigts. « Un, deux, trois, quatre... elle a sept ans. Bientôt, elle aura l'air d'une petite femme. » Et elle se met à rire.

M. Madeleine écoute ces paroles et ce rire comme on écoute passer le vent, les yeux à terre. Tout à coup, elle s'arrête de parler. Cela lui fait lever la tête : Fantine fait peur à voir. Elle ne parle plus ; elle ne respire plus ; elle s'est soulevée à demi et son épaule maigre sort de sa chemise ; son visage est blanc et elle paraît regarder quelque chose de terrible devant elle, de l'autre côté de la chambre. « Mon Dieu, s'écrie M. Madeleine. Qu'avez-vous, Fantine ? » Elle ne répond pas, elle ne quitte pas des yeux ce qu'elle semble voir. Elle lui touche le bras d'une main et de l'autre lui fait signe de regarder derrière lui.

Alors elle voit une chose terrible qu'elle n'a jamais rêvée dans ses plus fortes fièvres : Javert – car c'est lui – prend M. le maire par la veste près du cou et M. le maire baisse la tête. Il lui semble que le ciel va tomber. Elle crie : « Monsieur le maire ! » Javert rit, de ce rire qui lui montre les dents : « Il n'y a plus de M. le maire ici ! »

Jean Valjean n'essaie pas de retirer la main qui tient sa veste. Il dit : « Javert… » Javert le coupe : « Appelle-moi monsieur. – Monsieur, reprend Jean Valjean, je voudrais vous parler seul à seul[1]. – Tout haut ! Parle tout haut ! répond Javert. On me parle tout haut à moi ! »

Jean Valjean continue en baissant la voix : « C'est une prière que j'ai à vous faire. – Je te dis de parler tout haut. – Mais cela doit être entendu de vous seul. – Qu'est-ce que cela me fait ? Je n'écoute pas ! »

Jean Valjean lui dit rapidement et très bas : « Donnez-moi trois jours ! trois jours pour aller chercher l'enfant de cette malheureuse femme ! Je paierai ce qu'il faudra. Venez avec moi si vous voulez.

– Tu veux rire ! répond Javert. Ah ! çà, je ne te croyais pas si bête. Tu me demandes trois jours pour t'en aller et tu dis que c'est pour aller chercher l'enfant de cette femme ! Ah ! Ah ! c'est bon ! voilà qui est bon !

---

1. Parler seul à seul : en tête à tête.

– Mon enfant ! crie Fantine ; aller chercher mon enfant ! Elle n'est donc pas ici ! Ma sœur, répondez-moi. Où est ma Cosette ? Je veux mon enfant ! Monsieur Madeleine ! Monsieur le maire ! »

Javert frappe du pied : « Voilà l'autre, maintenant ! Te tairas-tu ? Je te dis qu'il n'y a pas de M. Madeleine et qu'il n'y a pas de M. le maire. Il y a un voleur, il y a un nommé Jean Valjean ! C'est lui que je tiens ! Voilà ce qu'il y a ! »

Fantine se soulève sur ses bras et ses deux mains ; elle regarde Jean Valjean, elle regarde la religieuse, elle ouvre la bouche comme pour parler, un cri sourd sort du fond de sa poitrine, elle tend les bras, ouvre et ferme les mains et cherchant autour d'elle, elle tombe sur l'oreiller. Sa tête frappe le fer du lit et vient retomber sur sa poitrine, la bouche ouverte, les yeux ouverts. Elle est morte.

Jean Valjean pose sa main sur la main de Javert qui le tient, et l'ouvre comme il ouvrirait la main d'un enfant, puis il dit à Javert : « Vous avez tué cette femme. – Finirons-nous ! crie Javert. Je ne suis pas ici pour t'écouter. Les gendarmes sont en bas. Marche tout de suite, ou je t'attache les mains ! »

Dans un coin de la chambre il y a un vieux lit en fer tout cassé qui sert aux sœurs, la nuit, quand elles gardent les malades. Jean Valjean va à ce lit, enlève l'un des pieds, chose facile à un homme de sa force, et regarde Javert. Javert recule vers la porte.

Jean Valjean, son morceau de fer à la main, marche lentement vers le lit de Fantine. Quand il y arrive, il se retourne et dit à Javert d'une voix qu'on entend à peine : « Je ne vous conseille[1] pas de me déranger

---

1. Je ne vous conseille pas de… : ici, parole très dure pour dire à quel-qu'un de ne pas faire quelque chose.

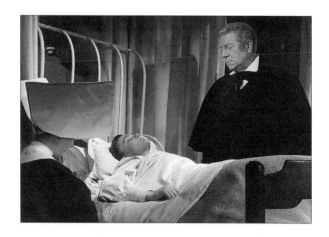

en ce moment. » Puis il pose les mains sur le lit et regarde Fantine. Il reste ainsi, muet, et ne pense plus à aucune chose de cette vie. Après quelques moments de cette rêverie, il se penche vers Fantine et lui parle à voix basse. Que lui dit-il ? Que peut dire cet homme rejeté[1] de tous à cette femme qui est morte ? Il prend dans ses mains la tête de Fantine et la pose sur l'oreiller comme une mère ferait pour son enfant. Il lui rattache sa chemise et arrange ses cheveux. Cela fait, il lui ferme les yeux. Le visage de Fantine semble curieusement éclairé. La mort, c'est l'entrée dans la grande lumière.

La main de la morte pend hors du lit. Jean Valjean se met à genoux devant cette main, et y porte ses lèvres. Puis il se relève, et, se tournant vers Javert :

« Maintenant, dit-il, je suis à vous. »

---

1. Être rejeté : ne pas être accepté ni compris, ne pas être aimé.

Mots et expressions

La justice

Agent, *m.* : policier.

Avocat, *m.* : personne dont le métier est de défendre ceux qui sont accusés devant la justice.

Avocat général, *m.* : Avocat représentant le ministère public.

Être condamné : être puni par la justice.

Le défenseur, *m.* : l'avocat qui défend l'accusé.

Gendarme, *m.* : policier qui appartient à l'armée.

Jugement, *m.* : la décision des juges.

Juger, *m.* : dire si quelqu'un a raison ou tort et, s'il a fait quelque chose de mal, décider de sa punition.

Loi, *f.* : le texte qui dit ce qu'il est permis et ce qu'il est interdit de faire dans un pays.

Mettre quelqu'un en liberté : le faire sortir de prison.

Peine de mort, *f.* : condamnation à mort.

Permis de voyage, *m.* : papier que la justice donne aux anciens prisonniers pour leur permettre de voyager. Au XIXᵉ siècle, les anciens prisonniers étaient obligés de montrer ce papier chaque fois qu'ils arrivaient dans une ville. Il était donc très difficile pour eux de recommencer une nouvelle vie honnête car tout le monde savait ce qu'ils avaient fait.

Président, *m.* : le juge le plus important, celui qui dirige le jugement.

Prison, *f.* : endroit où on enferme les gens dangereux, ceux qui ont fait des choses interdites.

Rendre la justice : juger.

Robe, *f.* : au tribunal, les avocats et les juges portent une longue robe noire.

Travaux forcés, *m.* : une condamnation à faire un travail très dur, généralement dans un endroit affreux.

Tribunal, *m.* : endroit où la justice juge et condamne.

La religion

Croire : ici, croire en Dieu.

Prier : parler à Dieu pour l'honorer ou lui demander quelque chose.

Prêtre, *m.* : homme de religion.

Religieuse, *f.* : femme qui offre sa vie à Dieu et à la religion.

Signe de croix, *m.* : geste que font les chrétiens à certaines occasions pour représenter la croix du Christ.

Sœur, *f.* : religieuse.

Activités

1. Voici la chronologie exacte des événements.
Retrouver les dates et les lieux

Lieux	Dates	Événements
		Jean Valjean est surpris en train de voler un pain.
		Jean Valjean est amené aux travaux forcés.
		Jean Valjean sorti de prison, arrive à Digne.
		Les Thénardier sont aubergistes.
		Jean Valjean arrive à Montreuil.
		Fantine confie sa fille aux Thénardier, Cosette a trois ans.
		M. Madeleine est nommé maire.
		Fantine est arrêtée par Javert puis recueillie par M. Madeleine.
		Champmathieu est jugé. M. Madeleine révèle sa vraie identité.
		Cosette a sept ans. Fantine meurt. Javert arrête Jean Valjean.

2. Trouver dans la grille 21 mots cachés désignant un métier ou une fonction. (Tous les mots sont cités au moins une fois dans le texte.)

M	O	I	S	S	O	N	N	E	U	R	A	G	U	S
P	U	A	K	P	J	U	Y	M	E	D	E	C	I	N
A	V	O	C	A	T	J	F	A	V	E	I	O	Q	C
L	R	C	H	O	T	E	L	I	E	R	B	R	C	S
O	I	R	V	M	O	V	B	R	C	.	E	E	O	B
U	E	V	E	Q	U	E	X	E	E	D	S	L	U	O
E	R	M	Q	B	S	O	L	D	A	T	A	I	R	U
U	U	O	P	S	Q	A	.	T	L	M	N	G	R	L
R	G	E	N	D	A	R	M	E	L	D	C	I	I	A
.	S	P	C	O	U	T	U	R	I	E	R	E	E	N
D	A	B	S	E	R	V	A	N	T	E	O	U	R	G
E	M	O	P	O	L	I	C	I	E	R	M	S	N	E
.	A	U	B	E	R	G	I	S	T	E	F	E	J	R
V	O	I	T	U	R	I	E	R	H	J	U	G	E	O
C	H	P	R	E	S	I	D	E	N	T	Y	R	O	I

3. Vrai ou faux ?

	V	F
L'évêque de Digne est un homme bon.	☐	☐
La porte de l'évêque n'est jamais fermée à clé.	☐	☐
L'évêque a beaucoup d'objets de valeur chez lui.	☐	☐
L'évêque ne possède presque rien.	☐	☐
L'évêque garde encore quelques beaux objets qui lui viennent de sa famille.	☐	☐
Un soir d'automne, un voyageur arrive à Digne.	☐	☐

Une nuit d'hiver, un homme dangereux
arrive dans la ville. ☐ ☐
L'homme est pauvrement habillé. ☐ ☐
L'homme semble malade et faible. ☐ ☐
L'homme a sans doute beaucoup marché. ☐ ☐

4. Choisir le bon résumé

a. À huit heures, chez l'évêque la table est mise avec
les couverts d'argent, le feu est allumé dans la
cheminée, quand on frappe à la porte. L'évêque
va ouvrir. Inquiet, il questionne l'homme qui se
présente. Celui-ci n'a pas d'argent pour payer un
logement et un dîner. Il demande à l'évêque de
l'aider. L'évêque l'invite à dîner et à dormir chez
lui. Le voyageur se montre très heureux de
l'accueil de l'évêque.

b. Dans la maison de l'évêque, c'est l'heure du
dîner. Quelqu'un frappe à la porte. C'est un
voyageur inconnu. Il se présente de lui même :
ancien détenu il vient d'être libéré. Personne en
ville n'a voulu le recevoir. Il cherche à manger et
un abri pour la nuit. Il peut payer. L'évêque l'invite à dîner et à dormir chez lui. Surpris par la
bonté de l'évêque, le voyageur se montre dur et
méfiant.

5. Compléter le résumé avec les éléments
suivants

*1793 – 1796 - 27 jours – 3 ans – 5 ans – 19 ans –
quatre fois – Faverolles – Toulon – une chaîne –
une veste rouge – 24 601*

En .... Jean Valjean est arrêté à .... Il est
condamné à .... de prison. En ...., ... plus

tard, on l'emmène à .... Pour cela on l'attache à
.... Le voyage dure .... On lui donne le
numéro .... Il est habillé d'........... . Plus tard il
essaiera de s'enfuir .... Repris il passera finalement .... ans en prison.

6. Pourquoi Fantine laisse-t-elle sa fille chez les Thénardier ?
Trouver trois bonnes raisons

• Fantine est trop malade.
• Fantine ne pourra pas s'occuper de sa fille en travaillant.
• Fantine ne peut pas faire le voyage à pied avec sa fille.
• Fantine fait confiance aux Thénardier.
• Fantine n'a plus d'argent pour vivre.
• Fantine pense que sa fille sera heureuse de vivre avec d'autres petites filles.

7. Si Cosette savait et pouvait écrire, quelle lettre enverrait-elle à sa mère ? Imaginer cette lettre en complétant le texte suivant

Ma chère maman,
Ma vie chez les Thénardier est ....
Je suis habillée ....
On me donne à manger ....
Eponime et Azelma sont ....
Mme Thénardier ....
En plus, je dois ....
Maman, je suis ....

8. Quels adjectifs caractérisent le mieux Monsieur Madeleine ? Barrer les intrus

a. riche
b. bon
c. généreux
d. mystérieux
e. travailleur
f. intelligent
g. modeste
h. simple
i. solitaire
j. fort
k. aimable
l. triste

9. Retrouver l'histoire de Fantine en mettant les phrases dans le bon ordre. (Attention au temps des verbes : l'ordre du texte ne suit pas toujours l'ordre chronologique des actions.)

○ **a.** Fantine lui crache au visage,
○ **b.** un homme et une femme se battent dans la rue.
○ **c.** À ce moment précis le maire, M. Madeleine entre dans la pièce.
○ **d.** car elle le croit responsable de ses malheurs.
○ **e.** Malgré cela Madeleine ordonne qu'on la libère.
○ **f.** Nous sommes en hiver ; il fait très froid.
○ **g.** Surprise et saisie par le froid, elle a voulu se défendre.
○ **h.** Il la condamne à six mois de prison et ordonne aux gendarmes de l'emmener.
○ **i.** La femme, c'est Fantine.
○ **j.** Le policier Javert arrête Fantine et la conduit au poste.
○ **k.** Javert doit obéir.
○ **l.** Pour se moquer d'elle, un jeune homme lui a mis de la neige dans le dos.

10. Compléter les phrases en faisant des calculs

*Il faut savoir que : 1 sou = 5 centimes de franc
et 20 sous = 1 franc*

Fantine gagne .... par jour.
Si elle travaille 30 jours, elle gagnera ....
par mois.
Elle doit donner aux Thénardier ....
par mois.
Il lui reste donc pour se nourrir et se loger ....
par mois.

**11. Pour quelle <u>vraie</u> raison Thénardier ne veut
pas rendre Cosette à sa mère ?**

    a. parce que Fantine lui doit de l'argent.
    b. parce qu'il aime Cosette.
    c. parce que Cosette est malade.
    d. parce qu'il espère continuer à demander de
       l'argent.
    e. parce qu'il veut que Cosette travaille pour lui.
    f. parce que c'est l'hiver.

12. Relier chaque mot à sa bonne définition

    Plaider •   • déclarer ce qu'on a vu
                         ou entendu

      Peine •   • raisonnement destiné
                         à prouver ou nier une
                         proposition

  Témoigner •   • parler pour la défense
                         d'une personne ou
                         d'une chose

   Argument •   • punition décidée par
                         un tribunal ou une loi

13. Répondre aux questions suivantes

• À la fin, est-ce un choix facile pour Jean Valjean ? Que feriez-vous à sa place ?

• Combien de difficultés rencontre Jean Valjean au cours de son voyage ?

• D'après vous, le hasard et les circonstances sont-ils pour Jean Valjean un obstacle ou une aide à sa décision ?

• À son arrivée au tribunal Jean Valjean sait-il vraiment ce qu'il va faire ?

• « Tournez le bouton de cette porte. »
Pourquoi ce geste simple est-il si important pour Jean Valjean ?

• D'après vous qu'est-ce qui amène finalement Jean Valjean à dévoiler son identité ?

• Jean Valjean est-il satisfait de sa décision ?

• Dans la chambre de Fantine, pourquoi Jean Valjean veut-il parler seul à seul avec Javert ?

• Qu'est-ce qui aurait pu aider Fantine à guérir ?

• Comment Javert a-t-il « tué » Fantine ?

• À votre avis que dit Jean Valjean tout bas à Fantine morte ?

14. Choisir un titre pour l'ensemble des douze derniers chapitres

• Un homme face à son destin
• Choisir entre la vérité et le bonheur
• Une grande âme
• La justice avant tout !

Pour aller plus loin

Contexte de l'œuvre

Victor Hugo commence à écrire l'histoire des *Misérables* de 1845 à 1848, avant son exil. Il reprendra l'écriture de 1860 à 1862, date de la publication. Il garde donc avec lui cette œuvre pendant dix-sept ans ! Publié en 1862, le livre connaîtra tout de suite un immense succès.

« Fantine » est la première partie des *Misérables*, dont le personnage principal est Jean Valjean. Victor Hugo situe l'histoire à une époque et dans des lieux qu'il connaît personnellement. La lutte contre la misère est un thème important dans toute l'œuvre de Victor Hugo. Au XIXe siècle, l'activité économique s'industrialise et l'argent prend de plus en plus d'importance. Dans *Les Misérables*, l'écrivain montre la pauvreté qui pousse au crime, les inégalités et les absurdités de cette société. Il s'intéresse aux classes populaires et cherche à faire progresser les idées d'égalité et de fraternité à une époque où l'on fait travailler les hommes, les femmes, les enfants pour de maigres salaires.

Cependant, ces personnages ne sont pas réalistes, au contraire. « L'important n'est pas qu'une histoire soit véritable, c'est qu'elle soit vraie » affirme-t-il. Il veut que son œuvre soit une « bible humaine », car *Les Misérables* sont la tragédie de l'humanité tout entière.

Les Misérables restent de nos jours l'un des romans les plus connus de la littérature mondiale.

Témoignage de son temps

Dans « Fantine », Victor Hugo raconte la grande pauvreté des gens qui quittent les campagnes pour aller travailler dans les usines. Quand, par chance, ils trouvent un travail, ils sont très mal payés, travaillent dix à douze heures par jour et peuvent à tout moment être renvoyés. Pour les femmes comme Fantine, tout est encore plus difficile. Elles sont plus rarement employées et beaucoup moins payées. Elles ne peuvent pas s'occuper de leurs enfants et sont parfois obligées de les abandonner chez des gens qu'elles ne connaissent pas.

Postérité des *Misérables*

Devenu un véritable mythe littéraire, le livre a été repris dans une vingtaine d'adaptations, au cinéma, à la télévision, au théâtre. Depuis le cinéma muet jusqu'à aujourd'hui, des metteurs en scène de différentes nationalités (française, américaine, italienne, danoise...) se sont intéressés à ce livre.

Les Misérables *au cinéma*

Au cinéma, le personnage principal de l'histoire, Jean Valjean, a pris le visage d'acteurs célèbres. Nous les reconnaîtrons dans les films les plus récents : Jean Gabin (1958) dans le film de Jean-Paul Le Chanois, Lino Ventura (1982) dans le film de Robert Hossein, Jean-Paul Belmondo (1995) dans le film de Claude Lelouch, Liam Neeson (1998) dans le film américain de Bille August.

Plusieurs adaptations cinématographiques se sont succédé pendant plus d'un demi-siècle. L'adaptation française en 1933 de Raymond Bernard est considérée par beaucoup comme l'une

Extrait du film Les Misérables *de Raymond Bernard, tourné en 1933. Les deux personnages, Jean Valjean et Javert, sont joués par Harry Baur et Charles Vanel.*

des plus réussies. Harry Baur y joue Jean Valjean et Charles Vanel est Javert. Dans la dernière adaptation en 1998, le cinéaste danois Bille August met en scène Liam Neeson dans le rôle de Jean Valjean, l'ancien bagnard devenu un homme respecté, et Uma Thurman, dans celui de la touchante Fantine.

L'adaptation la plus libre est celle de Claude Lelouch en 1995 qui place l'histoire des Misérables au XXe siècle où la tragédie de la guerre fait apparaître d'autres Javert, d'autres Thénardier. Le personnage de Jean Valjean devient Henri Fortin, joué par Jean-Paul Belmondo.

Orphelin, Henri Fortin devient champion de boxe puis déménageur. C'est la guerre. Il rencontre une famille juive, les Ziman, et accepte, pour les sauver, de les conduire à la frontière suisse avec son camion. Le temps passe. La famille Ziman, séparée pendant la guerre, se retrouve des années plus tard dans un petit restaurant tenu par Fortin devenu, depuis peu, restaurateur. Tout va bien. Mais ce dernier est rattrapé par son passé de gangster, avant la boxe, et est accusé d'un meurtre qu'il n'a pas commis. Ziman va prendre sa défense. Dans ce film, qui a obtenu plusieurs prix, jouent aussi d'autres acteurs connus comme Annie Girardot et Philippe Léotard dans le rôle des Thénardier.

Les Misérables *à la télévision*

En 2000, le célèbre acteur Gérard Depardieu joue Jean Valjean à la télévision française, pour 10 000 000 de téléspectateurs, dans un téléfilm en quatre parties de Josée Dayan.

Dans cette grosse production, très fidèle à l'œuvre de Victor Hugo, sont également présents des acteurs renommés comme John Malkovich

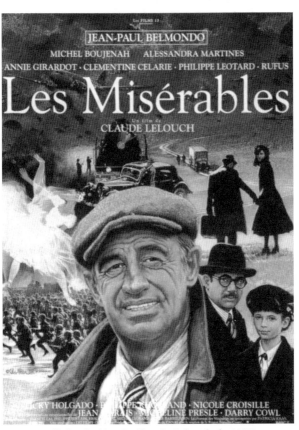

Affiche du film de Claude Lelouch de 1995.
Jean-Paul Belmondo tient le rôle principal.

(Javert), Christian Clavier (Thénardier), Charlotte Gainsbourg (Fantine), Virginie Ledoyen (Cosette).

Les Misérables *sur scène*

La comédie musicale *Les Misérables* a apporté à ses auteurs Alain Boublil et Claude-Michel Schönberg une gloire internationale.

Créée à Paris en 1980 au Palais des sports, elle a connu différentes versions. La version anglaise est toujours présentée à Londres depuis 1985 et la version américaine est jouée à New-York depuis 1987.

Le spectacle est allé dans différents pays du monde, en Australie, dans les pays scandinaves, au Mexique, notamment. Il a été de nouveau adapté en français et présenté dans sa nouvelle forme au théâtre Mogador à Paris en 1991. C'est la version qui reste la plus connue.

Le thème qui traverse tout le spectacle est l'amour : l'amour du prochain dont l'évêque donne l'exemple, l'amour filial, l'amour de la liberté, l'amour de la vie, et enfin la mort par amour. Ce sentiment exprimé par des personnages simples, tragiques et passionnés donne à l'œuvre sa puissance et son caractère universel même si la dimension politique n'apparaît pas.

Les Misérables *et Internet*

À l'occasion du bicentenaire de la naissance de Victor Hugo en 2002, de nombreux sites Internet sur la vie et l'œuvre de l'auteur ont été créés ou enrichis.

http://victorhugo.bnf.fr

Le site de la Bibliothèque nationale de France permet d'effectuer la visite de l'exposition *Victor*

Hugo, l'Homme océan. Documents audiovisuels, bandes sonores, zooms sur les documents, dessins et manuscrits permettent d'approcher les œuvres de manière interactive. Cinq thèmes sont développés : l'océan, le voyage, la vision littéraire, la vision graphique, la vision politique.

Des séquences vidéo donnent la parole à des historiens, écrivains ou philosophes contemporains. En gros plans sont présentés différents aspects de la création de Victor Hugo : l'œuvre plastique et littéraire.

Des dossiers invitent à découvrir l'écrivain et ses combats pour la liberté. On trouve également toutes les références bibliographiques, discographiques et filmographiques, et toutes sortes d'images, de dessins, de portraits, de caricatures et des carnets de voyage de l'auteur.

À l'intérieur du site, Gallica permet de découvrir en ligne les *Œuvres complètes* publiées en 1985, sous la direction de Jacques Seebacher et de Guy Rosa.

www.victorhugo2002.culture.fr
Victor Hugo : conscience et combats (Collection Célébrations nationales)
Le site, coproduit par la Direction des archives de France et la Mission de la recherche et de la technologie du ministère de la Culture et de la Communication, présente Victor Hugo à travers quelques-uns de ses grands combats politiques, toujours d'actualité deux siècles plus tard. De nombreuses images et des documents d'archives inédits illustrent les articles. Une chronologie biographique, des fiches sur les hommes, les femmes et les lieux qui ont marqué l'écrivain, un jeu interactif complètent cette publication destinée à un large public.

www.france5.fr/hugo
Victor Hugo aux frontières de l'Europe

France 5 vous propose de voyager au XIXe siècle : quatre cartes d'Europe pour mieux comprendre le parcours de l'homme de lettres engagé pour la paix et la coopération entre les peuples du continent. Des voyages qui accompagnent les différentes étapes de la vie de Victor Hugo. Également, une bibliographie et une filmographie.

www.victorhugo.asso.fr

La Société des amis de Victor Hugo, fondée le 6 janvier 2000, essaie de contribuer au rayonnement de la pensée et de l'œuvre de Victor Hugo. Son site rassemble des informations concernant l'association, ses activités passées et futures, des extraits d'anciens numéros de sa revue, ainsi que des liens utiles renvoyant aux autres sites hugoliens sur Internet.

http://www.victor-hugo.lu

Dans ce site, les Amis de la Maison de Victor Hugo à Vianden au Luxembourg présentent une importante documentation sur les séjours de Victor Hugo au Luxembourg, un choix de textes et de dessins par lesquels le poète évoque ce pays et une présentation du musée qui lui est consacré à Vianden depuis 1935.

http://gavroche.org/literature/vhugo

Victor Hugo Central permet de télécharger des œuvres de Hugo traduites en anglais et propose des articles issus de la presse américaine ainsi que des liens vers d'autres sites.

Affiche des Misérables *tourné
par Jean-Paul Le Chanois en 1957.*

Titres de la collection
dans la nouvelle version

Niveau 1 : 500 à 900 mots

Carmen, Prosper Mérimée
Les Misérables, tome 1 de Victor Hugo
Les Misérables, tome 2 de Victor Hugo
Le Tour du monde en 80 jours de Jules Verne
Les Trois Mousquetaires, tome 1 d'Alexandre Dumas
Les Trois Mousquetaires, tome 2 d'Alexandre Dumas
Contes de Perrault

Niveau 2 : 900 à 1 500 mots

Le Comte de Monte-Cristo, tome 1 d'Alexandre Dumas
Le Comte de Monte-Cristo, tome 2 d'Alexandre Dumas
Germinal d'Émile Zola
Les Misérables, tome 3 de Victor Hugo
Les Lettres de mon moulin d'Alphonse Daudet
Les Aventures d'Arsène Lupin de Maurice Leblanc
Notre-Dame de Paris, tome 1 de Victor Hugo
Notre-Dame de Paris, tome 2 de Victor Hugo
Cyrano de Bergerac d'Edmond Rostand
Sans famille d'Hector Malot
Le Petit Chose d'Alphonse Daudet
20 000 lieues sous les mers de Jules Verne
Cinq contes de Guy de Maupassant

Niveau 3 : 1 500 mots et plus

Maigret tend un piège de Georges Simenon
La Tête d'un homme de Georges Simenon

Achevé d'imprimer en Belgique sur les presses de SNEL Grafics sa
4041 Vottem (Herstal)

Dépôt légal : n° 80721-11/2006 - Collection n°4 - Edition n°5
15/5241/3